READY,
SET,
GO

INÉS BORTAGARAY

READY, SET, GO

Translated by Ana Patete

velizbooks.com

Prontos, listos, ya copyright © 2006 Inés Bortagaray
Translation: *Ready, Set, Go* copyright © 2018 Ana Patete
All rights reserved. No part of this book may be used or reproduced in any manner whatsoever without written consent from the publisher, except for brief quotations for reviews.

For further information write Veliz Books:
P.O. Box 920243, El Paso, TX 79912
velizbooks.com

ISBN 978-0-9969134-9-2

Cover image by Gerardo Cedeño Garza.
Cover Design by Gerardo Cedeño Garza and Silvana Ayala.
All rights reserved.

CONTENTS

READY, SET, GO   7

PRONTOS, LISTOS, YA   59

A NOTE ABOUT THE AUTHOR/   112
ACKNOWLEDGEMENTS   113

A NOTE ABOUT THE TRANSLATOR/   114
ACKNOWLEDGEMENTS   115

For Santiago

My grandfather used to say: "Life is astoundingly short. To me, looking back over it, life seems so foreshortened that I scarcely understand, for instance, how a young man can decide to ride over to the next village without being afraid that—not to mention accidents—even the span of a normal happy life may fall far short of the time needed for such a journey."

Franz Kafka, *The Next Village*, 1917

I see a pole that comes and goes until I see another pole that comes and goes but that never leaves entirely because in a departure, a wake remains. The wake is the pole in movement, the pole that's swept away, that continues in a line of phantom poles that stops in between pole and real pole. The real one continues throughout various phantoms until another real pole announces that there is something real after all. It is dawn. Sometimes while there's an ovenbird's nest atop a pole, interrupting the chain assembled by the sequence of poles. There are wires between each (between pole and pole): electricity. Black wires that tauten above and draw a score of lines that rise and fall, like on an electrocardiography monitor.

I see a pole that comes and goes until I see another pole that comes and goes while the sky, which was dark and limpid until recently, opens and cracks, splitting like a chick splits the shell of an egg when it's ready to get out of there; it's the sun obscured by the clouds, escaping through the interstices, small joints that have been torn and so now the sun strains itself and the rays extend in orange beams of light that reach my eyes like drops of sweat that jump off of caricatured characters when they're sweaty or nervous, or like the divine anger in God's profoundly pronounced furrow, the God that is the father of Jesus Christ, although, ultimately father and son are the same great person that is Jesus Christ Our Lord, who From Afar shall Come to Judge the Living and the Dead. *Jesus Christ. Jesus Christ. Jesus Christ*, I am here, I say in secret. "Such violence in dawn," I think, and return to the black lines that rise and fall and continue, in a trajectory that's always the same, but with traps.

    I then see the back of my father's neck. My father, the one driving the car. The premature white hair falls like waves down to his neck. His head is tilted slightly to the right, a natural gesture that I repeat. The seat is upright. My father is upright. He drives quickly, but carefully. I lock the door. Yes, now he is safe. So am I, because my dad won't fall onto the road, and I will continue to have a father because he won't fall. I look at my mom's profile and her neck; she looks at my father carefully while handing him a *mate**. She looks at him from the

---

*A traditional calabash gourd that is used to serve yerba, a tea made of dried leaves from the holly family. Popular in Argentina, Uruguay, Brazil, and Paraguay, this tea is consumed daily.

corner of her eye and turns to look straight, with a vague gesture of discouragement. We hear the news on the radio. The announcer scares me. He talks about things as if they were about to end, as if announcing a permanent state of alarm, as if to say *today there's a curfew because an earthquake is approaching, or beware, don't leave your homes because the worst is coming.* The nerve in his voice makes me shudder. But he doesn't say *curfew* nor does he talk of a collective us. He says *minister, declarations,* and *punitive.* I think about *punitive* while I try to find comfort in the seat that is too small for the four of us. We are four siblings. Now I'm in the window seat. It's luck. It doesn't happen often, because I'm the middle child and the middle children never get the window seat. But the trip is long and my parents decided to raffle off the seats so that we wouldn't scream and bother them, because it's dangerous. *No one wants us to crash, right? So calm down and shut your mouths.* So I'm by the window but I mustn't get my hopes up because within one hundred and twenty five miles I'll be in the middle, my place, from which I should have never left.

    I decided to sit behind Dad, to the left of the seat. I think I can protect him if I sit behind his back. I make sure he's attentive, I lock the door and pray behind his neck so that we don't crash, because nobody wants us to crash, and I don't either. My smelly brother sits by my side. He didn't want to shower before leaving and now I smell him. It doesn't bother me. He smells like sheets. Sheets don't bother me. His skinny calves twist to the right. He's sloped, sleeping on his side, leaning on a wrinkled jacket he uses as a pillow. My youngest sister is at his side and is also sleeping. She's placed her head on my oldest sister's lap, her mouth barely open. She breathes slowly, but I listen to the air as it leaves her half-opened lips in no particular hurry, lips that I don't see. I can't see from that far, but I know how she opens her mouth when she sleeps, because we sleep in the same room and I've seen her sleep many times. No one dishevels their hair more than my sister when she sleeps. And her eyelids fall heavily and her sleep becomes long and heavy. And while she sleeps we all say sternly, *she's sleeping*, as if that time of hers were an official verification for my family. My oldest sister is the other privileged one with a window seat, but she doesn't look at the poles because she's also asleep, leaning on the glass, shaking herself in constant movement, in a soft and persistent rattling that lulls her to sleep, I think, and that lulls me to sleep, I know.

One, two, three, four, fourteen poles. Fifteen, twenty, thirty-six, fifty-five poles. The poles move and I'm still. They advance backwards, towards what I leave behind. Even if my father were to stop driving, were to refuse driving, to brake suddenly, these poles and these lines would continue with the trip. We're no longer going to the beach. We don't even want to go to the beach anymore. This is a conveyer belt and our car is forced to stay at a standstill while everything that's at our side slips away constantly and tirelessly. It is a sentence they are serving on each side. The idea of advancing is a condemnation. To know that everything continues advancing is the condemnation. Sometimes I think of the day after I've died and of the margarine that spreads in perfect pleats over the perfect toast and the air of a happy morning, of family breakfasts with sun and windows and curtains and newspapers and toast and steam from the coffee and everybody's well-trimmed and clean nails; when everything will continue working the same as before. And the mother bites the toast while she smiles and looks with eyes that say *how blissful, this margarine, my God, I can die right here and now* (that's what she says in her thoughts, in the brim of enthusiasm, it's not what I say, although I am just now talking about my eventual death), it won't matter that I will have died, that any of us will have died, because either way people will continue writing on a screen the word "candor" with margarine-like letters and people on the street will go through the revolving doors at banks and amongst the prizes that are offered before all those at the school's bazaar, there will be a jar of peas, a set of spoons with plastic handles, a fan with beautiful Chinese motifs, a clock that could be an alarm or a cuckoo clock, a picture frame with a photograph of a couple in love walking on the seashore while the sun sets brightly, canned peaches. Right now I can keep going because I don't care that others have died. No, I am not the condemned one. The condemned one is the dead man, he who, on top of having to be dead, can't even wait on an air of stupefaction that could freeze everything that's going on around for one instant: the rushed man's step, the hand on the clock, the radio announcer's laugh, the family's expression during breakfast, the margarine's candor. I see the poles because I don't care that others have died. What is good for others is good for me. I don't complain and the margarine's candor is telling me to *wake up*. I wake up, but not for long because, before I know it, my eyes close, there are no more poles, and I fall asleep.

I dream that we're all traveling in a car. I'm still in the window seat, but now my older sister is traveling by my side. My father drives and my mother is the copilot. The car starts to slow down. We are surrounded by cars that have had to slow down: it's a traffic jam, no one moves forward, no one moves back, movement is impossible, nothing is as impossible as movement. The reason for all this lies a yard north of us. It's a fallen tree in the middle of the street. It's not that big of a tree. It has a leafy crown and a thick trunk and it takes up the street. Later on I see that that scrawny bag that lies a few feet in front is actually a man. I don't know why but I'm certain that the tree has fallen on top of the man, but it hasn't crushed him. The man is on the side of the road. There's another active man who is bent down trying to revive the still one. To me it seems that the still one is dead, or at least inert. The one who is doing the reviving gives him CPR and a few slaps. Then the dead one moves and although we are far away with my sister and there's another car's window blocking our view, I see the first signs (almost imperceptible) of a resurrection. A slight tic moves his cheekbone and then twists his mouth into an unfortunate person's grimace. Lazarus. I say *Lazarus*. We get out of the car with my sister and jump and make cheerleader gestures and exclaim *yay!, yay!, yay!* He gets up and looks to his side. Out of all the people who have assisted in resuscitating the dead man, he chooses to look at us, my sister and me. He smiles and signals the International Signal of OK, raising a victorious thumb.

I wake up slowly and with my eyes still closed, I start listening to the fight between my brother and older sister. There's no air in this car. A *milonga** is playing on the radio, but the radio is poorly tuned. Poorly tuned radios make me sad. My siblings yell. He says, *it's my turn.* She says, *there are still twelve miles left.* He says, *give me the window seat or I'll wake her up and she'll have to give me hers.* She says, *no, don't wake her up. She's neutral.* "Switzerland is always neutral," I repeat in between dreams. Then my mom intervenes *enough*; and my brother mutters a new insult and my sister responds, uttering *faggot*. I pretend I'm asleep, even though I'm uncomfortable, all fallen over my brother's shoulder. I can barely see him out of the corner of my eye, shaking his clenched fist, flushed with anger. They continue fighting (it is well known that *faggot* is an atrocious insult, which produces a great effect when trying to infuriate someone). The sky is getting cloudy and it no longer reminds me of His wrinkled frown or little droplets dotting the faces of nervous people. It's hot.

The pretend sleep stops being pretend sleep and I doze off, but now I am dizzy. I get dizzy often. I

---

*The forerunner of tango, a musical genre that originated in the Río de la Plata (Argentina and Uruguay) area.

frequently get dizzy. When I travel I always vomit. Now, on trips, my mother gives me a bag before leaving. I have a bag wedged between my knees. When I sleep the bag falls onto my sandals. They're new, made of red plastic. My feet get sweaty when I wear them but I don't mind, because they're pretty. It's worth the sweat. I fall back to sleep and dream. I've always been someone who dreams a lot. I dream that I'm at the river's edge. There's a party: the people are dressed in white and eat cake and drink orange juice from pitchers. I don't serve myself cake. I watch people eat. My older sister and my brother play a game where they use clothes that are tied together into a kind of long rope: a shirt tied to a pair of pants, tied to a towel, tied to another towel. My siblings play skip rope with their rope made of clothes as if it was a regular one. Except that with a regular rope there's always someone who jumps. A kid holds a rope from one side. Another kid holds the same rope from the other side. And a third one jumps over it. In the dream, there wasn't a jumper. My younger sister and I copied them and played with another rope close to the river's edge. The host went around the place greeting guests. He never came to us but we didn't care and continued playing.

I begin to discern the dream from reality when I start to hear a new and imperative voice, that comes almost from the sky. God again. A voice sneaks up and interrupts me. It interrupts the game and tells me things I don't understand. I try to recover the shore, but I can't. The rope. Again. The rope. The voice persists and I wake up. My mother looks at me, anxiously, outside of the car. My door is open and the car is empty. There's a gasoline pump behind Mom. I rub my eyes with my hands and look at her, without understanding much. Then God's voice comes back when my mother asks me, in a tired tone, if I want to go ahead and use the bathroom now. I exit the car slowly, my clothes all wrinkled, my hair disheveled and a bitter taste in my mouth (I remember the puddle in the bathroom at school, and Physical Education days, when I change my clothes and put on my tracksuit jumping over filthy water, trying not to stain my clothes, holding in the vomit). I think of the vomit and realize I feel sick. *I feel sick*, I say. And she yells, *the bag!* I look for it quickly on the seat, but I don't find it. When I get on my knees to check the floor to see if it's under my father's seat, it happens. I vomit. Not wanting to, I vomit in the car. And I, having been outside, vomit into the car. And my mom says, *but, honey...!* and she sighs while she grabs me by the head with her hands and pushes me outside of the car, so that I finish vomiting there. And I continue, under the watchful eye of a gas station employee, looking at me with disgust. I don't see him but I immediately feel his disgust. I'd look at him with disgust too if he were vomiting. I think of that and vomit even more. My mother opens the trunk, rummages through the bags and takes out a towel. She wets the towel with warm water from a thermos and hands it to me, brusquely. Then she cleans the vomit that soils the seat and the car's floor with a rag that she strains a few feet from me. She's pissed. She's right.

The smell of cologne intoxicates me. I breathe in and exhale, enchanted. I smell cologne, and in the car everything smells of it. The remnants of vomit pervade beneath, in a second sniff. But if you try hard enough, it also smells like sandalwood floral water. Mmm. There's nothing more wonderfully fragrant than sandalwood floral water, I think, and I propose playing a game to my younger sister. Now my sister and I go in the middle. It was her turn for the window seat, but since she's the youngest, they didn't give it to her. And she doesn't mind being used. She's good. She's always doing us favors. Sometimes Dad loses his glasses and she'll find them, she always does. Other times there's a really tight knot and she'll undo it quickly. She has agile fingers and good will, like Mom says. We sleep together in the same room and before going to sleep we play a game in which we see who says *bye* last before going to sleep. And I tell her *bye, 'til tomorrow*, and she responds, *'til tomorrow, bye*, and we go on like that for hours. When we were younger we'd pretend to kiss each other like grown ups do, but once our older sister caught us and threatened to tell Mom that we were doing something hideous and awful and we didn't do it again. Now we play with Barbies. I have two. One of the legs on one of them falls off. Sometimes she plays a woman with an amputated leg. My sister has about three and all of them have a lot of hair. Abundant manes, like Genevieve of Brabant, one of the princesses in the green book I read sometimes that never ends because it's full of stories. What I like most about Barbies are their houses. We entertain ourselves making houses for the Barbies and we spend hours decorating them with cream jars that work as seats, open books that we use as if they were their pictures or as wallpaper, handkerchiefs that work as curtains and other things we patiently collect throughout our entire house in order to decorate the dolls' houses. The room dividers always look elegant.

Now I'm happy because I'm not going to vomit for the rest of the trip. I never do it twice. I lower the window a little to breathe in fresh air, but a hot gust comes in, thick, that mutes all of our noises with a propeller-like vibration. I close the window. I propose playing a game to my sister, the Great Stores of Paris, in which we can't say yes or no or white or black. We play. My father drives in silence. My mother looks at the road, motionless. *Good day, madam, how may I help you?* I ask her. *I'm looking for...* My sister thinks for a while and I get anxious. *I'm looking for a pair of stockings*, she says. *Oh, we just received the latest collection today. Would you like to see them? Yes.* I laugh and make a scene out of my triumph. She gets offended (she gets offended easily) and turns away. I stay in silence for a while and suddenly ask my mom for an *empanada*. She gives it to me and I eat it. Then I caress her hair. Mom smiles and gives me another one. My brother, who's by my side, says to me, very hushed, *vomiting dumbo, vomiting dumbo* and continues *dumbo-dumbo-dumbo*. I yell at him *Don't call me dumbo!* and I cry. Mom sighs in front and says she too has big ears. I stop sobbing to look at her ears and I realize she's lying. I keep crying and my older sister intervenes saying I shouldn't let myself be tormented, that it's best just to laugh and not pay attention. My brother keeps saying *dumbo-dumbo* and I cry even more, with hiccups and everything.

    I want to say. I want to say. I want to say your name. I want to tell you. That I have an open wound. I sing along with José Luis Perales thinking of José Enrique. Maybe one day José Enrique will kiss me. I don't like his teeth. That would be a problem. His canines stack up. They're perched on his gum, yellow. When I look at José Enrique my eyes go straight to his teeth and I can't avoid it. I know I should, but I can't. José Luis Perales sings on the cassette player. The cassette belongs to my older sister, but I know the lyrics by heart, because sometimes I lie in bed with her, listening to him. She thinks of boyfriends and I think of boyfriends. Her boyfriends are taller than mine. Hers have zits. Mine have stacked up teeth. My mother doesn't like José Luis Perales. She prefers *sevillanas**. And my father has a very enigmatic taste. I have to remember to talk later on about the meaning of the word *enigma*. I move my ring to another finger to remember. I have a ring made of coconut shell. My aunt gave it to me. *You're so bohemian*, Mom told me, smiling, when she saw it. I said, *I am very bohemian*. Now the ring is on my index instead of the ring finger. That way I'll remember what I have to say when I'm done with this. My father. Sometimes he listens to Isabel Pantoja. I find her to be very tormented. I'm not that sure, what it really means, what tormented

---

*A type of folk dance typical of Sevilla, Spain.

means, but I can imagine it. My sister doesn't want people to torment me about my ears, but they torment me regardless. My mother doesn't want us to torment my younger sister telling her she's adopted, but we don't listen and we tell her again and again that she isn't who she thinks she is, but that we will always love her just the same because she is good.

The tormented are tormented even if someone tries to protect them. There's something about torment that makes the tormented hug it even if their body itches and the stinging hurts their tongues. I try to protect Alí, who is the best gym student but the worst in everything else. Everyone torments her because she isn't very bright and because she's buck-toothed, but I protect her. It's useless, but I do it anyway. She throws a ball better than anyone I know. She bends her arm and places the ball between her hand and her ribcage, gains momentum and throws it like that, sideways, diagonally. The ball crosses the court and it hits me in the stomach or in the butt (I try to run away from the ball rather than catch it, and that's technically wrong) and in that precise moment I think badly of Alí, her way of throwing hurts. But then the pain subsides. Sometimes Alí gives me some of her coke. She drinks coke and I ask her if she'll share some with me. She gives me the bottle and I drink from its mouth. She takes the bottle and cleans the mouth with a neck bow. I hate when she does that but I can't say much because it's not my bottle. Then we go to class and she's got her head in the clouds. The teacher asks her: *Alí, the multiplication table* and she pulls out her buckteeth, smiles, and shrugs her shoulders. I know the table but I don't care. I like the nine's because the figures that result from multiplying, added up, give nine. Two times nine is eighteen. Eight plus one is nine. I like those things. Things like that.

Dad laughs and I forget about the table in order to look at him. He's listening to the radio and drinking *mate*. I like the way Dad drives. I think he's never going to crash. I don't want him to crash. He's never going to crash. I want to knock on wood so that Dad doesn't crash. I can't find any. So I knock on the crown of my head instead. OK. Now we're OK. Dad laughs again and I look at his neck. I listen along with him, seeing from up close the threads of white hair, smelling from up close the bluish green hair gel he always uses. A comedian tells jokes on the radio. Dad and Mom listen to him. Me too, but I get bored way before the punch line. I interrupt the comedian and ask Dad if he wants to hear a joke. He says yes, but I'm not sure if he does. I say *well* and I stop for a second to try to remember how it started and, in doing so, give him time to realize he needs to lower the volume on the radio because if not, it's just going to be impossible to speak. But no one lowers the volume. I clear my throat. I tell them the one about the nun whose name was Piggy and they'd call her Sister Piggy. The nun cried and cried because everyone called her Sister Piggy this, Sister Piggy that, and she cries and cries because she doesn't like her nickname. I'm talking at the top of my lungs because the radio bothers me and I reason that if I speak loudly enough maybe they'll realize that they should be more considerate and lower the volume. Mom turns around to look at me. My brother is sleeping. My younger sister is sleeping. My older sister looks out the window, as if she too were counting poles.

One day Sister Piggy goes to the Mother Superior's office and says: *Mother Superior, I can't take it anymore, I want you to find me a new name, because I can't keep going on like this.* The Mother Superior says: *My child, come back in a month. The first animal I see will be your new name.* So Sister Piggy goes off very happily and a month goes by thinking of being Kitten, Fox, or even Amaranth. My sister interrupts me to say, with a biting voice, *that's a lie*. I defend myself: *what's a lie?* She responds: *it's a lie, she can't be called Amaranth because crystals aren't animals*. I say that crystals are a part of the biosphere. She says no, that you don't have to be an animal to be apart of the biosphere. I ignore her and continue. The comedian on the radio is talking about an albino man that was the butt of all sorts of jokes and gossip. I think that my father is listening to that joke again and that he's forgotten about mine. I yell more. *Finally the day comes and Sister Piggy goes to the Mother Superior's office, she is very sad, sitting behind her desk, looking at Sister Piggy with pity!* I strain my voice as I yell. *Sister Piggy asks the Mother Superior, What am I? What am I?* The Mother Superior tells her: *I'm very sorry Sister Piggy, but from now on you are to be called Sister Ass…!*

There's an instant of silence, an eager silence in my opinion and my heart tightens. Finally my parents laugh.

My dad's laugh seems as though he enjoyed the joke more than Mom. His is prolonged. It sounds more like his genuine laugh. When Dad genuinely laughs he does things like turn totally red, drown his voice and repeat three times the ending of the joke that made him laugh (*encyclopedia!, encyclopedia!, encyclopedia!*). My older sister doesn't seem convinced and argues with me. She tells me "ass" isn't interchangeable with "donkey." I tell her that it is. She asks me to not be so dumb. She says, *Mom, isn't it true that "ass" isn't interchangeable with "donkey"?* Mom says yes, that's partially true, but that I'm just telling a joke. We all remain silent for a second. Outside the clouds become ominous. I think that it can't be true that angels pass when someone's quiet and it is twenty-minutes-to. That doesn't convince me in the slightest. Why do they have to pass only when it's twenty-to? I don't understand. Dad turns up the radio and we hear the people laughing, celebrating the comedian's joke. I'm not laughing. I don't laugh, no.

My younger sister screams *it's time!* My brother tells her she's right and tells me: *I'm really sorry, little one, but you must give me your spot, darling.* I ask him why he's talking as if he were in a movie. He smiles at me, closing his eyes halfway, and I think he's gone mad. I puff. My older sister is begging the youngest to give her the window seat, that in return she'd let her pick her own bed first once we get to the beach town. I get mad and say that it's not fair, that it's not fair that she pick the best bed, because if that were the case I would change my seat with hers, after all, I also have the right to choose. My brother intervenes and tells us, the youngest and I, that we shouldn't let others take advantage of us, that we shouldn't exchange favors that jeopardize our dignity and threaten the sacred and fraternal union of our blood. I definitively think that my brother has gone mad. The eldest looks at us three with a profoundly aggrieved air. She feels deceived by our human miseries. I wonder if I should have defended, now that I remember that earlier she had defended me while I slept, saying I was neutral. We look at each other without risking another word. She still has that expression of *well, well, well!, and here I was thinking I could trust you guys ... how gullible of me!* We are silent. Mom prepares some *mate* in front. The stream of hot water makes a puddle from the hole that the *yerba* forms. My little sister opens her mouth but it's my brother who talks. He says: *a deal is a deal*. Defeated, we window-sitters get up and crawl over the successors' legs, the lucky ones. The whole changing seats situation is laborious. I step on my brother, he complains, moving quickly to the other side. My older sister stretches her long legs and her left thigh takes up my space. I don't yield and I too stretch my legs. I swallow a complaint while my knee pressures hers. The wrestling of thighs leaves us both with more equitable space. My brother looks through the window as if he were discovering something tremendously interesting. I twist my head trying to see, but he covers me. I'm in the middle. Damn it.

I want a dog. I have fish. I had a turtle, chickens, parrots, hamsters, and a rabbit. My fish swim in a big tank, full of pebbles and seashells. It fills up with moss and every so often I have to clean it. I never feel like cleaning the tank, I take forever and ever and ever, until the day comes when I stop seeing the fish and only see the green layer of moss stuck to the glass. I put my eye up against the tank and I see Boris' tail through a slit, he's my goldfish. The other one is called Other and he swims on one side. He's white and weak. I never thought he'd live this long, but now I think I won't see him alive again. I left the fish tank with María, my friend, so we did not have to worry about them while on vacation. I asked her if she could take care of the fish, I gave her the special food and left. When I was walking back home I realized that if one were to die, she would worry tremendously. I went back to her house and told her that if one of the fish were to die, that she should throw it in the toilet, but that she should try her best to make sure they don't die. Later Mom called her mom and asked her if taking care of these *guests* weren't too much of a bother. When she talked on the phone she said *guests* while she made the International Quotation Sign, curving her fingers, cutting the air with her motion. Apparently María's mom said that in no way was it a bother. When Mom hung up she said: *we're going to bring her a gift when we come back; how considerate of them*. I asked *a souvenir?* Mom said *yeah, or a handicraft*. I asked, *a seashell, big and gleaming?* Mom said: *could be, could be*. My mother is so beautiful.

Now I travel and I think that I won't see my white fish, Other, because he's not going to live much longer. Last time I saw him he was no longer swimming. He was on his side, floating in the water, all still. I knocked on the tank to wake him up and he'd barely move. He'd hardly turn, he'd rotate to stay straight, but couldn't bear it. Shortly after he'd go back onto his side, floating in the water. I think that I'm not going to consider him dead until I see he's afloat. Fish must float up because if not, they're alive. I feel sorry that Other might die on me. I think that Boris is going to be next and that I won't have fish anymore. And I won't have a dog, either. I had other fish before. I stepped on one without meaning to a day that I had to clean the fish tank. I took it out of the water and it slipped out of my hand and jumped like crazy on the ground and I got nervous and ran after it in the kitchen, trying to catch it. But I stepped on it. It sounded awful. I had another one. I told everyone it was called Berta, but really I called it Organ Professor. I don't know why but I called it that. One day I went to the vet to buy it and that same night Boris and Other ate it. The next morning all that was left was its head. I cried and Mom told me to drink a smoothie. I wanted to bury it but Mom told me that fish have to go in water, so I put it in the toilet. That's why I told María that she should throw the next dead one in the toilet. It's the fish's way of dying without leaving the habitat.

    I have a cemetery of animals in my house. The backyard is full of tiny crosses. When a bird dies we bury it. My sisters and I dig the hole and my brother hammers two pieces of wood and makes a cross. We have like seven birds buried there. The crosses don't last much, because they break when it rains. That part of the yard is great when trying to find earthworms. And one day there will be oil. I'm sure of it. Hopefully the house is ours, because then we'll get all of the money. In *Dynasty* they have all the money in the world, because they have petroleum. The petroleum is made thanks to bones. The cemetery in Salto will have petroleum one day. And all the dead animals in the house's yard too. I'm going to go off in a caravan and a long line of cars is going to go through the city honking horns and we too are going to honk horns and yell: *olé, olé, olé, olé, petro, leum*. If I had a dog the dog one day would die. In that case I don't know if I'd have the heart to bury it at home. I don't want that many earthworms close by.

My brother sleeps with his head leaning over a jacket that's on the corner of the headrest and on the glass window. He breathes noisily. His nose is getting bigger. I'd swear that last year his nose was smaller. I look at the countryside that passes and the pasture and the poles and now a boundary marker with a number I can't read because we've already passed it and then I look at the countryside that passes and the pasture and the poles and the pasture, and the poles, and the pasture, and another boundary marker that I can't read either. I have some hundred miles to go until I get the window seat again. A cow. Like five thousand cows and every so often a calf. I try not to think of anything and only see the landscape. My mother caresses my father's neck. Her fingers disappear under the gray hair. My mother's extended arm is pale. When we come back it'll be tan and everything will be different. Her elbow is wrinkly and worn out. It makes me want to have an elbow equally worn out. I'll have to use a pumice stone so that it gets as wrinkly. My father looks at my mother from the corner of his eye. She smiles. I get embarrassed and I close my eyes and try to think of the future. Nothing comes to mind and I think of the past and there's Eva. My friend Eva has blonde hair that's almost white and a white, full-cheeked face, and red lips and a beauty mark on the side that twists upwards when she smiles. I look at her beauty mark and think that her beauty mark hypnotizes me. Sometimes I play with my sister to see if I can hypnotize her. I tell her with a serious and thick voice: *now I will hypnotize you*. Then I take off the watch that I was given on my birthday and I take it by its end and sway it to one side and I sway it to the other, as if it were a pendulum, so that my sister will get cross-eyed from all the staring and then hypnotized so that I can tell her: *now you shall be my servant*. But she never becomes hypnotized. She gets bored quickly and I put my watch back on, and nothing has happened here. One time Eva came home to play and we were both playing, stamp paper, and a second cousin of mine, who's very mean, joined. Not mean. She's conceited. That's the word. She has very long hair and plays tennis. She came to my house and told Eva: *Move over, fatty*. I got mad at her but I didn't say anything. Eva put on an I-don't-care face, but she went to the bathroom, came back with a red nose and told me: *I'm going home, bye*. My second cousin stamped the last papers, drank a banana smoothie, and left without saying goodbye.

Another day Eva invited me to her house for a barbecue. Her dad, who's English, roasted corncobs on the grill. I had never had roasted corncobs. They were delicious and I had three. I like Eva's family. It's weird. Her father's bald. He has a red face. He speaks weird because he's English. He came to build the dam because he's an engineer. A bunch of engineers came to build the dam. People told me that I shouldn't get too close to Eva because her dad builds dams all around the world and at any given moment the dam is ready and they leave. Eva's mom is Argentine and has a lot of curls because she is a hippie. I think she's pretty. She reminds me of something but I don't know what. At the beginning I thought it was of Jo, my favorite Little Woman. She is my favorite because she is courageous, she has the heart to sell her head of hair, which is her most prized possession, just to do the right thing. Eva's mom, Jo, and Genevieve of Brabant have memorable heads of hair. My mom likes Eva's mom. Eva has a younger sister called Sara that has even blonder hair and an even whiter face. I like to hear the way they speak English. I loved those corncobs at Eva's house. Then we saw *The Red Balloon* and I couldn't help it and I cried. I think it's the most beautiful movie I've ever seen in my whole entire life. It's very sad. The boy has a red balloon that doesn't deflate because it's filled with helium. Everyone wants to poke it and he has to run around so that no one pokes it. He runs and he takes care of it and the balloon is beautiful, because it's always up, straight, very high. But the people are bad and they chase him, and he runs and protects it, although at the end they poke it. Eva also cries and her nose turns red. My parents wonder how her parents get along now that there's war in the

Falklands. I think that they don't fight, but either way I ask Eva if her parents fight a lot because of the war and she says that she doesn't know. One day I was in her house on the bouncing ball and Eva's mom was at the sewing table and Eva asked her if she was angry with her dad because of the war. Her mom smiled and told her that the war was far away. Another day my parents went to a pro-democracy protest and Eva was with me and all of us went, and we jumped in the square and said *those who don't jump are fascists*. Eva jumped more than me and I applauded and she got even closer to the platform to be closer to the politicians. I was standing next to my dad's legs and all of a sudden I saw Eva in between other people's legs, standing next to the platform waving a flag. I went with her and remained standing by her side, smelling her hair while I sang, *En el bosque de la China*.* She lent me her flag and I thought that she was courageous.

    One day they left. Eva told me that her dad had to go to Pakistan and I started crying. She told me not to cry but I couldn't find a reason not to. Mom told me not to cry but even though I tried, I couldn't. Before they left I went with Mom to Eva's house and she gave me a jumping ball. Eva's mom gave Mom various dresses for me and my sister to wear that had belonged to Eva and Sara. Although Eva was chubbier than I, one day they would fit me. Mom hugged her and so did I, but for

---

*Line from a children's song that was modified into a song of protest during Uruguay's military dictatorship (1973-1985). This new version says as follows: En el bosque de la China / un milico se perdió. / Ojalá se pierdan todos, / la puta que los parió (In China's forest / a soldier got lost. / I hope they all get lost, / motherfuckers).

longer. Eva told me she was going to send letters and I told her that I would too. She said she would put stickers on her letters and I told her that I would too, the most beautiful ones. Then I left and when I got in the car I started crying but that time Mom didn't say anything. Sometimes I put on Eva's dresses. They are long and have flowers on them, like Sarah Kay's. The other day I was coming back from the square and someone on the street yelled at me, *take off the nightgown*. I ignored them, but when I got home I started crying. Then I took off the dress and hung it up. I don't know if I should go on wearing those dresses that look like nightgowns. I sent two letters with stickers to Pakistan, but Eva didn't reply. I don't know where she is anymore. Mom doesn't either. No one knows. We don't know.

My sister's knees are much more beautiful than mine. My younger sister is wearing plaid bermudas. The fabric is called *cloqué*. My older sister is wearing lilac-colored sweatpants. They have nicely toned legs and bony knees and their legs get narrow near the knees. It's like this: they have long thighs and long and nicely-toned calves but their knees are small and skinny, giving their legs an hourglass shape. Their bones are delicate and I feel like biting them, that's how beautiful they are. I don't have knees like that. I have knees the same size as my thighs and my calves. So I look chubby. Not that I am chubby, but it's just that my knees are deceiving. I'm not going to be a model. If they want to be models I will cheer them on when they walk the runway. *Bye, bye, bye*. Someone will scream *beautiful!* and I'll say: *I agree, but just a second, don't be disrespectful.* I'll be the missionary that applauds and my wooden cross will be austere and I will be austere and profound like a girl who is diligent, so diligent like those women with enourmous mouths who look so focused when putting on a difficult necklace, who try not to step in dirty puddles, who move trays full of fragile glasses, who measure everything with a tape measurer, who bend down to find a hairpin, who put threads through needles, listen to a song that they will later judge, who move forward on a narrow rope, the novice tight rope walkers that they are. But they don't want to be models. I already asked them and neither one is interested.

I propose playing a game with my brother, who-keeps-a-straight-face-the-longest. He plays. I look at him. I look at the space between his eyebrows, where some tiny hairs cast shadows that can only be seen if you want to see them. I try to think of sad things. I think of Eva again, but the sadness isn't there anymore and it won't make me win the game. I think of the most horrifying thing in the world. OK, I know. The carnivorous plants that devour insects that land on the moist flower buds in the tropical forests and wet woods where they are born and grow and become voluptuous and hungry for human flesh, eager to scarf down the fingers of people who, due to stupidity or curiosity or just ignorance, touch them, even if it's brief or delicate. Sometimes they eat flies and they've been known to eat hummingbirds. People have been maimed. I'm afraid of things that hurt people that haven't done anything wrong. Touching something carnivorous can be fatal. You have to be very careful. Carnivorous plants help me out when I'm trying to keep a straight face. But my brother performs a rather unusual dirty trick: he opens his nostrils and releases air as if he were angry and focused at the same time. I become tempted and contort my mouth so as not to laugh. He looks at me with a triumphant air. He wins. He says, if I'm up to it, he'll give me a rematch. I don't want one. What for? I know I'm going to lose.

Now we listen to Crystal Gale, a country singer that my dad likes a lot. I don't know if she's his favorite singer, but she's close. She's from Kentucky. She sings as if she were consoling. We learned some songs by heart, even though we don't know English that well. My favorite teacher is Lil. My favorite color is blue, and sometimes red too. But more blue than green. Dogs are my favorite animals. My favorite country is Uruguay and also Spain. My aunt is from Spain. Her husband's name is Jesús. They named him Jesús because he was the youngest and he lived in a small town. His family assumed he'd be a priest but he didn't want to be a priest. He wanted to be something else, but he studied to be a priest. The eldest was also set aside for something, I think it was to be a carpenter. Jesús didn't want to be a priest and wound up not being a priest because he met my aunt. Now they live over there in Spain and work in a printing house. When he came we played "my beard has three hairs, three hairs my beard has." I would reply *my beard has three weenies, three weenies my beard has*. Then my brother would sing *my beard has three butts, three butts my beard has.* Then we'd sing together *my butt has three weenies, three weenies my butt has.* He wouldn't let us and he'd tell us *it doesn't amuse me at all.* He says *doesn't* and *amuse* as if he were saying *doethn't* or *amuthe*. It gives me great joy to hear him pronounce his s's and z's. My favorite calendar is from Switzerland. I like the houses with snow on the side and lakes and mountains. My favorite anime is *Speed Racer* and also, sometimes, *Heidi, Girl of the Alps*. I think she lives in Switzerland. I like it when she sings *grandpa, you tell me, what sounds are those I hear, grandpa you tell me, why I float in a cloud, tell me why I am so happy*. Sometimes I sang it as it goes and sometimes I sang other things, for example *grandpa juice for me*.

My favorite joke after the Sister Piggy one is the one about madmen who escape the asylum dressed like candy and someone asks one of them if perhaps he's demented and he answers no, he's chocolate. The other day Dad asked me if I wanted to tell jokes for a living when I'm older. I thought about it. I think not. I'd like to be a missionary when I'm older. My Spanish aunt, before having married Jesús, was a missionary. Now we stop to rest. Dad stretches his legs. They crack when he stretches them. We all get out of the car on the side of the road where there are trees. Eucalyptus trees. I grab a leaf from the ground and bite it. I wish it were mint. My favorite ice cream is mint flavored. But the leaf doesn't taste like mint. It tastes like grass. Mom goes behind a tree to pee. My older sister doesn't want to get out of the car. She's pissed, but we don't know why. I also stretch my legs, but mine don't make noise. My younger sister goes with Mom to pee behind the tree. Mom asks me if I want to as well. I tell her no. She tells me that she doesn't want to hear me complain later if I want to go. I tell her no. My brother opens the trunk and rummages through the luggage. My father tells him to leave it alone, but my brother is looking for a pocketknife, which doesn't cut, that he was given a while back. He likes it, but it doesn't cut. It looks like a Swiss army knife, but it's not. Now he comes back with the pocketknife and rips a piece of bark and sinks in what would be the edge of the *bladed weapon* (when I say "bladed weapon" I imagine a beautiful, white knife winged like an angel, a blonde one). He stares at it. He's calculating, it seems. I go around the tree that my brother grazed. I count the steps of my circle carefully. If I put my feet really close together I count twelve steps, one behind the other, and six if I walk normally.

Mom and my younger sister come back from behind the tree. *Half*, I say, as I think about enigmas. My brother comes back again, running from the car. He brings the camera, hung around his neck. My older sister comes running behind him. Now she's happy, I think it's because she and my brother are planning something. I hug her and she looks at me from above and winks. I hug her more.

My brother says that we have to take a picture. We all tidy up and it seems like a good idea to all of us. Mom says that later we can put it in an album and say this is how our vacation started. We don't know how to take a timed, automatic photograph so that my brother can be in the picture. He says he thinks he knows, but either way there's no place to have the camera stand.

There's no cut tree trunk that could be used as a table nor can we use the hood of the car because Dad says that the camera will slip.

I'm desperate because I suspect that at any moment Dad or Mom are going to say well, it doesn't matter, it's better that we keep going because we're taking too long. My brother is also desperate. We look at each other (my younger sister at my brother, I at my younger sister, my brother at everything around) until Mom proposes that my brother take a picture of all of us and then she'll take a picture of us. I don't like that solution because there's always someone missing. We doubt. My older sister has a great idea. She says why don't we put the camera on the grass, set down, and we huddle around it, everyone standing up but with our heads close together making a circle around the camera's viewfinder. Like when in the movies the soccer or baseball teams say *all for one, and one for all*. My dad thinks it's a good idea. My brother takes off his jacket and puts it on the grass. He puts the camera on top of the jacket and presses a few buttons. My younger sister is very nervous, as if a bomb were about to explode. She asks if it's ready every two seconds. My brother is leaning over the camera with a furrowed brow. I look at his big knees, his kneecaps almost transparent because his skin is stretched (he's crouched). He extends his arms (they're such long arms, my God, how can they be that long?) and he bears with everyone's rushing, until he suddenly loses his patience and tells my younger sister to shut up. She looks at him like she's about to cry; her chin trembles and her eyes fill up with tears and the tears are overflowing and it seems that they are all going to spill over in one burst and I think of *Candy* and I'm sure that within three seconds she's going to run and my father will consider this a closed matter and we'll all go back to the car nauseated, when luckily my brother exclaims that it's finally working and that we have to hug and look at the camera and say *cheese* before the photograph's taken. We do what he says. We are all hugging, looking at the ground, at the camera. A red light blinks in front. We see each other reflected in the viewfinder. The sky and clouds are behind us. It's hard for us to stay still. I'm between my older sister and Dad. My younger sister's next to Dad and Mom's next to my younger sister and my younger sister's next to my brother and my brother's next to my older sister and then it's me. We say *cheese* again because the camera's slow. My smile is about to become stiff. *Take it, take it. Take it, take it*, I say. *Take it, take it*, the younger one says. Mom sighs loudly, we are definitely frozen. It happens. The camera goes click. And we all breathe and we let go quickly and we walk to the car feeling a little shy and a little affectionate.

    I would like to rest on the side of the road a little bit longer, see what happens when I walk around the tree with longer strides (would it be three?), but we leave. My mother says that if we are going to change seats when we reach one hundred and twenty five miles, that we should just do it in this same spot, right now, because it'll be too much of a fuss to do it later in the car. My younger sister says it's not fair, because there are still four miles left until we hit one hundred and twenty five. My brother agrees with my younger sister. My mother makes a disagreeable face and sighs again. *OK, OK*, says my younger sister, with a defeated air. My brother says that it's not fair. I am a little sad. I don't know why, but I don't even feel like fighting with my brother and convincing him to give me the seat by the window. Now everyone's in the car and my brother looks at me with threatening eyes, waiting for me to get in once and for all. I don't resist. I don't care anymore about the window seat, because I'm sad. I get in the car. He gets in, victorious. He closes the door, forcefully. Dad starts up the car, puts on the blinker and we're on the road again.

Sometimes the trip is so long that I get used to it and I don't feel like arriving. Now, for example. I don't want to arrive. If it were up to me we could stay here forever, forever on this upholstered beige leather seat, in the midst of fragrant pajama air, with *empanada* crumbs in between our legs. I eat another *empanada*. My older sister looks angry again, but not with me. I scope it out: *what happened?* She says: *nothing*. I say: *Do I have bad breath?* I hold my hand up and make a shaft so that when I blow air it bounces back. I breathe in. Hold in the air. I don't have bad breath. I blow in her face. She puts on a disgusted face but right away it changes into a smiling one. *No*, she says. She blows her breath on me. She smells like bubbles, but it doesn't smell bad. *It's perfect*, I tell her. Now it's my turn to sit by her side. I'm still in the middle. She looks at me and says *cutie* and she puts her fingers hardly touching my eyelids. She always does that because she knows it makes me sleepy. My younger sister asks how much longer till we get there. My mother says less than before. My older sister keeps doing that with her fingers and I know I'm going to fall asleep again. I put my head on her shoulder, but her shoulder is bony and I have to put a jacket on it, as a buffer. I place the jacket on her shoulder and am about to fall sleep. The radio is emitting lightning-like sounds, as if it were raining. I open my eyes and the light is dimming outside, but it doesn't rain. I remember the piece of bark my brother had. I ask for it. He says to guess where it is and he closes both fists so I choose. I touch one fist and he opens it and the hand is empty. I touch the other one and that's also empty. I get annoyed and I close my eyes again. I think of the bark. Now the tree is rasped. My brother has a souvenir of the tree en route, of the tree as it is now, now that it's summer. My favorite tree is the jacaranda in front of the house. I like the lapacho tree for its flowers. My sister's shoulder is still bony, even with the jacket on top. I open my eyes. I can't sleep. I smell pajamas again. But it's not just my brother. It's the smell of all of us together when we're inside for about an entire day and there are bits of *yerba mate* on the rug on Mom's side and, in between us, there are crumbs and then my vomit suffocated by the sandalwood and then our noses breathing and the heat. This heat. Mom laughs at something. I lean over to press the lock on Dad's door. He always forgets to press the button. Then I try to make some space in between my older and younger sister and I try to lean on Mom's and Dad's seats so that I can hear what Mom's laughing about. But now they quiet down. Dad drives in silence, but he makes these faces as if he were imagining a conversation. *I need to pee,* I say, and both of them sigh.

Cows. Poles. Just one driver inside a white car. Red car, a family. Pickup truck with two men. Truck with cows. A furrow a truck leaves behind, a truck with cows that urinate and defecate because they are scared because they travel tightly towards an unknown destination. I've become a pro at looking out of the window from the middle seat. My brother sleeps with his mouth open. I say *why so much of a fuss if he's going to wind up sleeping anyway? What a waste of time.* I like Hernandarias because he brought cattle. I like cows and the sad eyes they have. I wouldn't want to be a calf because now that I'm a human I know that the destiny of calves is a sad one. I'd know that soon they'd kill my mother, they'd hit her head with a hammer and later they'd take her hide off and they'd cut her in so many pieces that no one would ever recognize that the hoofs were hers, that that snout belonged to her. I wouldn't want to be weaned and left in a playpen, mooing alone all night. But I like cows, yes, I like them very much. That thing they have... submission. Now I see a cow and the cow looks at me from beneath the wire fence and I twist my head so I can keep looking at her while the car moves away, we are moving away and I say goodbye, *goodbye, cow,* and she stares at me an instant before running scared. I don't do anything to her. I didn't do anything to her. I only saw her. Why would the cow run if all I did was look at her? I like white cows and black ones, but I also like the brown ones. I ask my sister if she wants to count brown cows. I'll count the other ones. My sister says *that doesn't count because there aren't that many brown ones.* You can't play anything in this car. The sun sets and all of us in here are orange, starting with my sisters and my mother, who sit on the right side.

Mom announces that we're almost there. Thanks, God, for letting us get there safe and sound. God, please let us get there safe and sound. I don't want to crash, I don't want to. And I would like to take this opportunity to ask you please, no more moles. I don't want to have the mole on the bottom of my foot. It's embarrassing. Now when I sunbathe I always cover my foot with the other foot, because I don't want people to see me like that, lying down, with a mole on my foot. I think I got it a year ago one day when I stepped on tar on the beach and apparently I didn't shower well and I was left with this horrible stain and then new skin on top of it covered the stain and now the stain is buried in there and now I can't do anything about it. To me, that's what happened, it's what I think happened. Now I'm never going to get to be a model. Either way, I don't care, because I never even wanted to be a model; if there's something I want to be, it's a missionary. But with that stain on my left foot and the burn from the exhaust on my ankle and also my ears and my fat knees they're never going to want me as a model. But it doesn't matter.

Night falls. My father covers his eyes from time to time with the back of his hand, just for a second, when he's blinded. He's blinded all the time by the drivers from behind and in front. My father mutters insults. I look at him, worried. *God, remember what I told you.* Dad's tired. Man, this trip is so long. I lean on my brother and, without asking him for permission, I lower the window slightly and an air seeps in that makes a noise similar to someone whistling a raucous note like a sorrowful soul or a vagrant dog howling, or a balloon suddenly deflated. My brother tells me to close it. I tell him *yes, but with that pajama odor of yours we have to open something.* My brother goes like this with his finger. I call him *faggot.* When we get mad at him we call him faggot, but then he gets so mad it's scary. He pinches my arm hard and twists my skin. I say *faggot* again. *I'm going to kick your ass,* he tells me, and he jumps on me and I fall on my younger sister. She screams. My mother turns around and says *unbelievable, unbelievable, what a lack of cooperation.* She hits our knees with her hand and I start crying and sobbing. My brother looks out the window and it seems he suffers more than I but he doesn't cry. I cry for myself and also I cry because he suffers and looks out the window. My older sister is sleeping and never woke up. This time I don't care about her bony shoulder. I want to sleep and wake up when we're already there. I don't like this trip anymore. I wish the trip were over. My father whistles something and it's more beautiful than the wind entering through the window's opening. I try to imitate him but I don't know how to whistle, and I'm congested from all the crying. I fall asleep trying to whistle. I dream that I ride a cow and she takes me all the way to the Amazon River. In the Amazon River I befriend a viper and she takes me to a tree with a cave. Luisita, my neighbor, is in the cave, she always rings the doorbell looking to play and I never want to. *I don't want Luisita to be in my cave*, I tell the viper, but the viper's gone. My cow eats the Amazonian grass. Luisita looks at me with a wanting-to-play face, and this time I say yes, I accept.

When I wake up, my older sister is where my brother was and my brother occupies the other window seat. It looks like my father ordered my brother and me to separate because we were unbearable. My older sister sings a song that mentions Acapulco and is in Italian. My brother asks her what she'd prefer: go to Acapulco and drink coconut water that would make her immortal or go to Honolulu and scuba dive under the water to find Atlantis, the Lost City of the Sea. My brother says he'd rather breathe under water before finding Atlantis. He might be right. My parents don't answer. Scuba diving, I've never dived, to be honest. But I think a lot about that city that stayed submerged once the sea covered it forever. I think of the drowned people, of the last bubbles they breathed before dying; I ask myself what that city might sound like under water and it scares me just thinking about it. When we go to the beach in the summer I like to go into the water the first and last times with a lot of care and attention.

Tomorrow if it doesn't rain and even if it does, we're all going to the beach and I'm going to get close to the shore and then I'm going to get in, little by little. I know that the cold water is going to hurt, but I don't care. I like getting in the ocean water for the first time after a long time. It's been a year since the last time and a year before that. I enter the water and walk, stepping as if I weren't stepping on an ocean floor. Sometimes I see my toes, but it's not that common. I move forward in the water and I get goose bumps on my arms because it's so cold. After this, I have to gain momentum and dive in and have bubbles go through my nose and open my eyes under water, looking up at the sky. I look at the sky under the water and then everything's cured. Looking upwards under water is the healthiest thing. When I get out I have a salty taste on my palette and on my shoulders and I lick my shoulders to have more salt on my palette, because I like it. Then I float for a while and sometimes we play a game where we jump over the tall waves, or I swim really far in if Dad gets in the water. It's a lot better if Dad gets in the water because I go swimming deeper and the water reaches up to my chin and everything becomes a lot more interesting. Then when we get out we make sand pancakes with my younger sister. We look for nylon bags and we put the sand inside and then knead the sand in the bags to give them food shapes like schnitzels. While we knead we say things like *good day, miss, how's it going, today we are going to show the television audience how to make delicious schnitzels*. Meanwhile we sniffle the snot that sometimes loosens up from being in the water for too long. At night our backs hurt because we are very sunburnt. We sleep together, my younger sister and I, or sometimes the four of us in one room, or sometimes the three women on one side and the man on the other. It depends on the house and the year and work and the drought. If I could choose, I like a bed that faces outwards, near a window. Tomorrow's house has two rooms for the four of us, but one of them is tiny and my brother is going to sleep alone there. I have to convince my two sisters to let me have the bed I want. It won't be easy.

Another thing that I like to do is make deep wells, the deepest that can be made and I make a mountain with the sand that I take out of the well, in search of wetter sand, mud, and then I let the mud drip onto the top of the mountain (it looks like melted chocolate), which then hardens, the opposite of what happens when you eat ice cream, it always drips, no matter whether or not you're being careful. On the beach I also like that Dad and Mom wear sunglasses and I like the smell of coconut in my sister's sunblock. My brother meets up with our cousin and the two of them do random things: swim, play with boogie boards, eat sandwiches while crouched in squats, play racquetball all the time. The radio is always turned on in the afternoon. The adults bathe in the sea less than we do. Mom bathes splashing herself by the seashore. She collects water with her bowl-shaped hands and then splashes it on her face and neck. I like to see how she does it, how she pours water. She doesn't know how to swim and waves scare her, but she gets in with Dad if he wants to bathe as well. Dad goes in adjusting his shorts. He has beautiful legs and calves of optimistic curvature, and his belly barely sways over the water while he moves. Then he dives in. He always does it suddenly, as if he were slipping inwards, as if someone pulled his foot hard from underneath. Then he jumps with one leg and shakes his head and jumps with the other foot and shakes his head so that water doesn't get in his ears and he looks like a shivering dog. They get out and sit down a bit in the sun and Mom quickly puts on her hat that has a ribbon around it and it's made of straw and then she puts sunscreen on because she doesn't like to sunburn her face. They call her to model when there are facial cream displays. She is a face model for facial cream displays. She sits down and people look at her while they apply beauty cream to her and then makeup. When she comes back home she's all made up and her hair is wavy, perfumed with hair gel that comes in a beautiful tube, a golden cylinder with a profiled mane on it. She cooks and prepares her lessons with red lips and open eyelashes that leave her eyes, gray and green at the same time, looking surprised. Soon after, when we eat, it's all gone but you can still smell the perfume.

We've passed by that same place in other years, I remember. The road widens and there are billboards behind the poles and hills behind the billboards. I see them as shadows, because it's nighttime and they're far away, although they don't seem that far. I realize the deceit and object: *but we're not almost there, we're only passing the hills*. No one responds, they keep listening to the radio. The deep-voiced announcer gives me a stomachache. His way of talking scares me; he's talking about tariffs. I think about tariffs: an aboriginal tariff tribe running down a hill like these silhouettes of shadows on the road. The tariffs run down tapping their mouths with their hands and screaming like savages. My brother shoots an arrow aiming at the chief tariff, hitting him in the head. He falls, his eyes rolling back into his head. I'm climbing on a high branch of a tree in the valley and I see the tariffs like ants moving, moving forward in abundance. They are unexpected ants. I am not scared. I stretch the bow, fire the arrow and it pierces through a gruesome tariff's throat. It's the chief's wife. I'm boastful. We can defend ourselves.

The coconut ring bothers me. The truth is that I don't really know what "enigma" means. I say enigma when I want to say mystery and that way I use two words to say the same thing, for a change. I just finished learning how to correctly pronounce enigma. I used to say *engima* and it seemed to me to be the most natural thing in the world that an enigma be an "engima." Again I say with a swindled voice *but we're not almost there,* and when I'm about to say *we're only passing the hills* Mom looks at me with an annoyed face and then I shut up and I start licking the ring. My older sister is awake; I ask her in a hushed voice if this year she'll wear a bikini or a one-piece. She says a bikini. I ask her if she'll wear the lilac-colored one our aunt gave her for her birthday and she says yes. *It looked pretty on you,* I tell her. The bikini looked pretty on her. The bottoms can be thongs or normal bottoms. I think my sister will wear the normal one, because I don't know if Dad or Mom will let her wear the thong one. I have a baby-blue and green one-piece with flaps on the part above the thighs. I don't like it at all, but this year I didn't buy another one because we are budgeting a few things, and one of those things is a new bathing suit. I'm pretty happy about the plastic sandals, even if they make my feet sweat. Now I'm barefoot. We're all barefoot except Dad and Mom. I look through the window, leaning over my sister so I can see better, and I notice that the hills are gone. She notices that I want to look, and then she tells me *if you want, we can switch*. I'm filled with joy and I tell her yes. Then I pass over her and I sit by the window. Ah, how lovely.

    I sing mentally, with my eyes closed. I don't sing with my mouth saying the words *I sing to the Lord because he is grand*. I sing with my mouth shut, only thinking, and all that I do is hum *mmmmmmm* making music, a melody. It's music that I already know, from a soap opera song that's called *Ligia Elena*. The lyrics say: *I try to paint you but I can't... after slowly studying you I finish with a chant... thinking... my palette lacks the very strong colors... that reflect your rare beauty, that wonder...* And it continues. It's about Ligia Elena, a young lady who has a lot of long, frizzy hair, as if she always wore braids and had just unbraided her hair. She has a suitor named Jorge Alfredo who's a painter, and he's the one who sings that song about painting her. I start to mutter, which is a new word that I just recently learned to say correctly, because before I'd say *mettur*, and now suddenly I start singing something else that I invent as I sing. I say *Rolando rolls, rolling Rolando goes, Rolando rolls down a road in the city* and then I keep inventing *the next day his girlfriend goes to see him in his house, to tell him tell him tell him that she can't stand him anymore.* My mother interrupts my mental singing because she tells us: *now we are definitely almost there, but we're going to make a stop so that Dad can stretch out his legs and we can eat some croissants.*

I open my eyes and see that we've reached a new city and I know where we are: we're in a place that we always pass when we're about to arrive. Before opening the door I finish the next stanza of the song *Rolando leaves crying, crying Rolando leaves, Rolando leaves to Pando down a road in the city, aggrieved*. When I get out of the car I ask Dad where's Pando, because I don't know where I'd come up with that word. He says it's an industrial city close to the capital and I imagine a bunch of chimneys, like in England. Poor Oliver Twist and all the soot he had to breathe while he suffered with scoundrels and abusers. We ask for croissants at the café, three cokes to share and a coffee for Dad. We sit down at a table that overlooks a window and we eat and drink and share the soft drinks. Then we go to the bathroom in turns. Mom goes and tells me that I should grab some napkins before going in because there's no toilet paper. I grab a bunch of napkins and go in. I squat over the toilet but I don't sit on it so that I don't get hepatitis and I do my best so that the stream doesn't turn; luckily I aim well and I avoid making a mess. Then I wash my hands with an egg-shaped soap that's screwed onto some type of rack. The door opens and my younger sister comes in. I complain, *you don't come in without knocking first* and she says, with a tired expression trying to get her hair out of her face, that if I'm there she can come in because we're sisters. I think she has a point and I don't say anything.

I stay to wait for her and hold the napkins and I give them to her. Both of us leave, satisfied. Dad is waiting, he never wants to stay too long when we stop for things like this. We all leave the bar rushed and when we get in the car, I'm back in the middle, because my sister had done me a favor, but the window seat is still not mine. By the time it's my turn we'll have gotten to the house. Apparently it's five blocks away from the beach. Apparently it has a grill and a hydrangea tree in the entrance. The smell of enclosure suffocates me and again I think of vomiting. I try to forget about the croissant and I try to remember Rolando, the guy from the song I made up. I remember Rolando going off to Pando and, in order to forget the queasiness I try to think of a way to end the song. *In Pando he meets a priest, who tells him: she will come.* I start thinking about a priest telling Rolando *she will come* and I realize the song I'm making up is horrible and so I remember again that I'm on the verge of vomiting. It's weird that I feel like vomiting again, because I already vomited earlier today and I never do it twice in one trip. I ask my younger sister to open the window a little bit.

I'm still in the middle. "Good things don't last long," I think. *Good things don't last long,* I say aloud, and Mom smiles. My sister does me the favor and now air runs in, but the whistling comes back too. I look through the window as I lean on it. Now everything is dark. I see the poles when we've already passed them, because we're traveling fast and there's no time to see them with anticipation. A mile marker appears and it reads one hundred and seventy, but it's been about five hundred miles since we've been in the car. I think we're about to arrive. Dad turns along the road curvature and also switches the headlights from low beam to high beam and vice versa, so as not to blind the other drivers. A woman sings in French on the radio. My older sister tells me to go ahead and put on my shoes, that we're almost there. I ask my father if there's iodine in the air coming through the window and he says yes. When we get to the beach town Dad always tells us *smell, smell the iodine, it's good for you*. I breathe in forcefully so that iodine enters my body, because iodine is good for you and if you have iodine, you won't suffer from sicknesses such as thyroid tumors, but then I smell again the smell of our confinement and of our aggregated and multiplied breaths and feet and wrinkled clothes and expectation. There might also be a little bit of *empanada* smell in the air.

    I put on my red plastic sandals and tell my younger sister that she too has to put on her shoes and she puts on her blue sneakers. Maybe during this vacation I'll get a boyfriend, I think. Let José Enrique regret not ever having said anything to me. Only once he dared call me aside. At school, I went to a corner where he leaves his bicycle and then he told me in secret that he was from the same political party as my parents. I remember that I looked at him and that from there on out all I saw were his crooked teeth, and I wondered *out of all people, why do I like José Enrique who talks to me about this stuff and doesn't say a thing*. He grabbed his bicycle after talking to me and lifted it over his shoulders, went down the stairs and left. I sat down on a step and waited for my brother to come out, to go back home on foot, with him and his friends. They walked in front, I walked a few steps behind, carrying my immense backpack full of books. Esteban Venturini was the first one to say goodbye to the rest of the guys (he would ignore me; his eyes would slide over my face and would always point to another place.) He lived close to school. He'd leave without saying goodbye. He has the blackest hair, the whitest face, and the reddest tongue I've ever seen; he licks his lips way too much, I don't understand why he does it. His mouth seems like a red fish, wet from the saliva. I wouldn't usually see his face because he always walked in front, with his pants too short for his legs. But sometimes I'd see him in my peripheral vision and I'd look at his white skin, terrified; how horrible to have such white skin, I'd say to myself. I don't want a boyfriend like that. José Enrique is more hazel-colored, but he doesn't say anything and there's also the problem with his teeth. I want a boyfriend with curly hair who loves swimming in the ocean and who has chapped lips from the sun. I'd like him to have bony shoulders and a clavicle that shows through like mine, that could almost hold seeds (tight-rope walker seeds) in the gaps that extend to the lateral trachea. I'd like for his hands to be large and mysterious. If he can play guitar, much better. If he doesn't mind a sweater having little fuzzies on it and still uses it even when it's old, much, much better. If he puts elbow patches on his sweaters, much, much, much better. If, when he gives me a kiss, he holds my face by the edge of the jaw and the slope between the ear and the neck, how beautiful. If he likes missionaries, siblings, the word *sporadic,* cows that look sad, the smell of sandalwood, perfect numbers, White Fang, the word twilight, the Appalachian mountains, limits, fireflies, *feijoada,* fall, the southern wind, rice with spinach and a fried egg, locks of auburn hair, Tom Sawyer, deciduous trees, dopey dogs, tambourines, I'd definitely marry him.

My brother lowers the window and a screaming gust of air seeps in and makes me feel like crying. That scream is a truly sad thing. I imitate the moan and I start to scream as well, but softly. My little sister asks me why I do that and I say that I'm a witch that wanders around like a soul looking for wizard children from the Cove of Boredom. She says: *ah,* as if I had told her any ordinary thing. I go over my sister, step on her and annoy her, provided I get to the window seat. It's been two miles since we were supposed to change, I had already forgotten. Now it's all the same to me: justice and injustice are the same thing. We are tired. The iodine seeps through the open slit. I don't smell it but I know that it's there and that it heals our faces and our lungs. My older sister screams *great!* and I look at her thinking that the dead man will be rising to say hi to those who witnessed his resurrection. It's not the dead man that rises, but rather the phosphorescence of a sign that announces the arrival, up ahead, to the side, behind. I think of leaning over and covering my dad's eyes with the two palms of my hands. That would certainly be homicide. I'm horrified by my thoughts. Pardon me.

PRONTOS, LISTOS, YA

INÉS BORTAGARAY

A Santiago

Mi abuelo siempre decía: "La vida es inmensamente corta. Cuando miro hacia atrás me parece tan reducida que se me hace difícil comprender, por ejemplo, que un joven pueda tomar la decisión de cabalgar hasta el pueblo más cercano sin temer que, aun en el transcurso de una vida normal y feliz, no alcance ni para comenzar semejante viaje."

Franz Kafka, *El pueblo más cercano*, 1917

Veo un poste que pasa y se va hasta que veo otro poste que pasa y se va pero nunca se va del todo, porque en la ida queda la estela. La estela es el poste en movimiento, el poste corrido, barrido, continuado en una línea de postes fantasmas que se paran entre poste y poste verdadero. El verdadero se continúa en varios fantasmas hasta que otro verdadero anuncia que hay algo real, después de todo. La hora es la del alba. A veces en lo alto de un poste hay un nido de hornero. Es la interrupción de la cadena que se arma en la secuencia de postes. Entre uno y otro (entre poste y poste) hay cables: electricidad. Cables negros que se tensan en lo alto y que dibujan una partitura de líneas que suben y bajan, como en una pantalla de monitor electrocardiográfico.

Veo un poste que pasa y se va hasta que veo otro poste que pasa y se va mientras en el cielo, que hasta recién era oscuro y era límpido, se abren unas grietas que lo resquebrajan como un pollo resquebraja la cáscara de un huevo cuando está maduro para salir de ahí; es el sol oculto por las nubes que se está escapando por los intersticios, unas pequeñas junturas que se han rasgado y entonces ahora el sol se cuela y los rayos se extienden en haces de luz anaranjada que llega hasta mis ojos como las gotas de sudor que le saltan a los personajes de caricatura cuando están sudorosos o pasan por un momento de gran nerviosismo, o como el enojo divino del entrecejo profundamente pronunciado de Dios, que es el padre de Jesucristo, aunque a fin de cuentas padre e hijo son la misma gran persona que es Jesucristo Nuestro Señor, que Desde Allí ha de Venir a Juzgar a Los Vivos y a Los Muertos. Jesucristo. Jesucristo. Jesucristo, yo estoy aquí, digo en secreto. Cuánta violencia para amanecer, pienso, y vuelvo a las líneas negras que suben y bajan y siguen, en un recorrido siempre igual, pero con trampas.

Veo entonces la nuca de mi padre. Mi padre, el que conduce el auto. El pelo prematuramente blanco baja con ondas hasta el cuello. La cabeza está apenas ladeada hacia la derecha, en un gesto natural que yo repito. El asiento es erguido. Mi padre es erguido. Maneja rápido, pero con cuidado. Yo le tranco el botón de la puerta. Ahora sí, está a salvo. Yo también, porque mi padre no caerá a la carretera, y yo seguiré teniendo padre porque él no caerá. Miro el perfil y la nuca de mi madre, que mira a mi padre mientras le alcanza con cuidado un mate. Lo mira de reojo y vuelve a mirar al frente, con un gesto vago de desaliento. En la radio se escucha el noticiero. El locutor me asusta. Habla de cosas como si las cosas fueran las últimas, como anunciando un estado permanente de alarma, como quien dice *hoy hay toque de queda porque viene un terremoto, o alarma, no salgan de sus casas porque se avecina lo peor*. El nervio de su voz me estremece. Pero no dice *toque de queda* ni habla de *nosotros*. Dice *ministro, declaraciones y punitiva*. Pienso en punitiva mientras intento encontrar acomodo en el asiento que es chico para nosotros cuatro. Nosotros cuatro somos hermanos. Ahora voy en la ventanilla. Es una suerte. No sucede con frecuencia, porque soy hermana del medio y las hermanas del medio nunca van en ventanillas. Pero el viaje es largo y mis padres resolvieron sortear los lugares, para que no gritáramos y no los molestáramos, porque es peligroso. *Nadie quiere que choquemos, ¿verdad?, entonces tranquilícense y cállense la boca.* Entonces yo estoy en la ventanilla, pero a no ilusionarme, porque dentro de doscientos kilómetros iré a parar al medio, que es mi lugar, de donde nunca debí haber salido.

Elegí ir detrás de papá, a la izquierda del asiento. Creo que puedo protegerlo si me siento a sus espaldas. Cuido que esté atento, le tranco la puerta y rezo en su nuca para no chocar, porque nadie quiere que choquemos, y yo tampoco. A mi lado viaja mi hermano, que tiene olor. No quiso bañarse antes de salir, y ahora lo huelo. No me molesta. Huele a sábanas. No me molestan las sábanas. Las pantorrillas flacas se le tuercen hacia la derecha. Está inclinado, durmiendo de costado, apoyando la cabeza sobre una campera arrugada que le sirve de almohada. Mi hermana menor va sentada al lado, y también duerme. Apoya la cabeza en la falda de la mayor y abre apenas la boca. Respira suavemente, pero yo escucho cómo el aire sale sin apuro por los labios entreabiertos que no veo. No llego a ver tan lejos, pero sé cómo abre la boca cuando duerme, porque dormimos en un mismo cuarto y muchas veces la vi dormir. El pelo se le despeina más que a todo el mundo cuando ella duerme. Y los párpados le caen con peso y el sueño se vuelve largo y pesado. Y mientras duerme todos decimos, gravemente, *está durmiendo*, como si ese tiempo suyo fuera una constatación ya oficial en la familia. Mi hermana mayor es la otra privilegiada que tiene ventanilla, pero ella no mira postes, porque también duerme, inclinada sobre el vidrio, sacudiéndose en un movimiento constante, en un golpeteo suave y persistente que la arrulla, creo, y que me arrulla, sé.

Uno, dos, tres, cuatro, catorce postes. Quince, veinte, treinta y seis, cincuenta y cinco postes. Los postes se mueven y yo estoy quieta. Avanzan hacia atrás, a lo que dejo. Aunque mi padre dejara de conducir, se negara a conducir, frenara de repente, estos postes y estas líneas seguirían con el viaje. Ya no vamos a la playa. Ya ni siquiera queremos ir a la playa. Esto es una cinta sin fin y nuestro auto está obligado a quedarse detenido mientras todo lo que hay a los costados se desliza sin cesar y sin cansarse. Es una condena que están cumpliendo de un lado y del otro lado. Eso de seguir avanzando es una condena. Saber que todo sigue avanzando es la condena. A veces pienso en el día después de muerta y en el aviso de la margarina que se unta en pliegues perfectos sobre la tostada perfecta y ese aire de mañana feliz del desayuno familiar con sol y ventana y cortina y diario y tostada y humo que sale del café y las uñas de todos bien cortadas y limpitas y todo seguirá funcionando igual que antes, y cuando la madre muerde la tostada al tiempo que sonríe y mira con ojos de *qué placer esta margarina por Dios, yo me puedo morir acá mismo* (eso es lo que ella dice en los pensamientos, en el colmo del entusiasmo, no es lo que yo digo, aunque justo esté hablando de mi muerte eventual), no importará que me haya muerto, que ninguno de nosotros haya muerto, porque igual se escribirá en la pantalla la palabra candor con letras dibujadas con margarina y la gente en la calle igual atravesará la puerta giratoria del banco e igual entre los premios que se ofrecen a la vista de todos en la kermesse anual de la escuela habrá una lata de arvejas, un juego de cucharas con mango de plástico, un abanico con hermosísimos motivos chinos, un reloj que puede ser despertador o puede ser cucú, un portarretratos con una pareja de enamorados caminando en la orilla del mar mientras atardece fulgurantemente, duraznos en almíbar. Yo ahora mismo puedo seguir porque no me importa que otros hayan muerto. No, no soy yo la condenada. El condenado es el muerto, que además de tener que estar muerto no puede ni esperar un aire ciertamente estupefacto que congele por un instante todo lo que sigue alrededor, el paso del apurado, la aguja que da la hora, la risa del locutor de radio, la expresión de la familia durante el desayuno untado con candor. Veo los postes porque no me importa que otros hayan muerto. Lo mismo que es bueno para otros es bueno para mí. No me puedo quejar y la margarina candor me está diciendo *despabilate*. Yo me despabilo, pero no por demasiado, porque cuando quiero acordar, los ojos se cierran, ya no hay postes, y me duermo.

Sueño que viajamos todos en un auto. Yo sigo en la ventanilla, pero ahora la que viaja a mi lado es la mayor. Mi padre conduce y mi madre es copilota. El auto empieza a enlentecer la marcha. Estamos rodeados de autos que han debido enlentecer la marcha: esto es un atolladero, nadie avanza, nadie retrocede, el movimiento es imposible, nada es tan imposible como el movimiento. A unos metros, adelante, está la causa. Es un árbol caído en medio de la calle. No es un árbol muy grande. Tiene copa frondosa y tronco delgado y atraviesa la calle. Más tarde veo que ese bulto esmirriado que yace a unos metros es un hombre. No sé por qué pero estoy convencida de que ese árbol se ha caído encima del hombre, y no lo aplastó. El hombre está a un costado. Hay también un señor activo que está agachado intentando reanimar al quieto. El quieto para mí está muerto, o por lo menos inerte. El que reanima le hace respiración boca a boca y le da cachetadas. Entonces el muerto se mueve y aunque estamos lejos con mi hermana y hay una ventanilla de auto de por medio yo veo los primeros signos (casi imperceptibles) de resurrección. Un ligero tic le mueve un pómulo y después tuerce la boca en un rictus de persona que se siente desgraciada. Lázaro. Digo *Lázaro*. Bajamos del auto con mi hermana y saltamos y hacemos ademanes de porrista con los brazos, y exclamamos *¡bien!, ¡bien!, ¡bien!* Él se incorpora y mira a un lado. De entre toda la gente que asiste a la reanimación del muerto él elige vernos a nosotras, a mi hermana y a mí. Nos sonríe y nos hace la Señal Internacional de Okey, alzando el pulgar del triunfador.

Me despierto de a poco, y de a poco comienzo a escuchar, con los ojos cerrados, la pelea entre mi hermano y mi hermana mayor. No hay aire en este auto. Se escucha una milonga en la radio, pero la radio está mal sintonizada. Las radios mal sintonizadas me dan tristeza. Mis hermanos gritan. Él dice *me toca a mí*. Ella dice *faltan veinte kilómetros*. Él dice *dame la ventana o la despierto y me la da ella*. Ella dice *no la despiertes*. Ella es neutral. Suiza es neutral todas las veces, repito entre sueños. Entonces interviene mi madre *basta*, y mi hermano se queda mascullando un insulto nuevo y mi hermana responde diciendo *puto*. Yo me hago la dormida, a pesar de que estoy incómoda así, toda caída sobre el hombro de mi hermano. Lo veo apenas de reojo mientras se sacude con el puño apretado y la cara enrojecida por la rabia. Sigue discutiendo (se conoce que puto es un insulto atroz, que surte gran efecto cuando se busca la ira). El cielo se está nublando y ya no me recuerda al ceño fruncido de Él ni tampoco a las gotitas que coronan las cabezas de los que están nerviosos. Qué calor.

El simulacro de sueño deja de ser simulacro de sueño y vuelvo a dormirme, pero ahora estoy mareada. Me mareo muy seguido, yo. Dos por tres me mareo.

Cuando viajo siempre vomito. Ahora en los viajes mamá me da una bolsa antes de partir. Tengo una bolsa apretada entre mis rodillas. Cuando me duermo la bolsa se cae sobre mis sandalias. Son nuevas, de plástico rojo. Los pies me transpiran más cuando las uso, pero no me importa, porque son lindas. Vale la pena el sudor. Me duermo y vuelvo a soñar. Siempre fui de soñar mucho. Sueño que estoy a la orilla del río. Hay una fiesta: la gente está vestida de blanco y come tortas y toma jugo de naranja de unas jarras. Yo no me sirvo torta. Miro comer. Mi hermana mayor y mi hermano juegan a dar vueltas un largo cordón de ropa anudada: una camisa atada a un pantalón atado a una toalla atada a otra toalla. Mis hermanos juegan a dar vueltas a esta cuerda como quien juega a dar vueltas a otra cuerda cualquiera. Pero sobre esas otras cuerdas cualquiera siempre hay un saltarín. Un niño sostiene una cuerda de un lado. Otro niño sostiene la misma cuerda del otro. Y un tercero la salta. En el sueño no había saltarín. Mi hermana menor y yo les copiábamos y jugábamos con otro cordón largo cerca de la orilla. El anfitrión daba vueltas por el lugar saludando a los invitados. Nunca se acercaba a nosotros, pero a nosotros no nos importaba y seguíamos jugando.

El sueño se me entrevera cuando comienzo a oír una voz imperativa y nueva, que viene casi desde el cielo. Otra vez Dios. Una voz se cuela dentro y me interrumpe. Interrumpe el juego y me dice cosas que no entiendo. Intento recuperar la orilla, pero no puedo. La cuerda. Otra vez. La cuerda. La voz persiste y me despierto. Mi madre me mira, expectante, fuera del auto. Mi puerta está abierta y el auto está vacío. Detrás de mamá hay un surtidor de nafta. Yo me refriego los ojos con las manos y la miro, sin entender demasiado. Entonces aparece la voz de Dios de nuevo cuando mi madre me pregunta, con tono de cansancio, si no pienso aprovechar para bajar al baño. Salgo lentamente del auto, con la ropa toda arrugada, los pelos despeinados y un gusto amargo en la boca (recuerdo el baño encharcado de mi escuela, y los días de gimnasia, cuando debo cambiarme la ropa y ponerme el equipo deportivo saltando sobre el agua inmunda, intentando no manchar la ropa, conteniendo el vómito). Pienso en el vómito y me doy cuenta de que quiero vomitar. *Quiero vomitar*, le digo. Y ella grita *¡la bolsa!* La busco rápido en el asiento, pero no la encuentro. Cuando me arrodillo en el suelo para fijarme si está bajo el asiento de mi padre, me pasa. Vomito. Sin querer, vomito dentro del auto. Y yo, estando fuera. Vomito al auto. Y mi madre dice *¡pero, mija...!* y resopla mientras me toma la cabeza con las manos y me la empuja fuera del auto, para que continúe ahí. Y yo continúo, bajo la mirada atenta del empleado de la estación de servicio, que me mira con asco. No lo veo, pero noto el asco enseguida. A mí también me daría asco verlo vomitar. Pienso en eso y vomito más. Mi madre abre la valija, revuelve entre los bolsos y saca una toalla. Con el termo la empapa de agua caliente y me la da bruscamente. Luego limpia el vómito que enchastra el asiento y el piso del auto con un trapo que escurre a unos metros de mí. Está enojada. Tiene razón.

El olor a colonia me embriaga. Aspiro aire y lo exhalo, encantada. Huelo a colonia y en el auto todo huele a colonia. El vestigio del vómito insiste, debajo, en un segundo momento de olfatear. Pero si uno tiene buena voluntad huele agua de sándalo. Qué rica. No hay nada más rico que el agua de sándalo, pienso, y le propongo a mi hermana menor un juego. Ahora vamos las dos en el medio. Le tocaba a ella la ventanilla, pero como es la más chica no se la dieron. Y a ella mucho no le importa el abuso. Ella es buena. Siempre nos hace favores. A veces papá pierde los lentes y ella se los busca y siempre los encuentra. Otras veces hay un nudo demasiado apretado y ella lo desata pronto. Tiene dedos ágiles y buena voluntad, como dice mamá. Dormimos juntas en el mismo cuarto y antes de dormirnos jugamos a ver quién dice *chau* por última vez antes del sueño. Y yo le digo *chau, hasta mañana*, y ella me responde, *hasta mañana, chau*, y así seguimos por horas. Cuando éramos más chicas jugábamos a darnos besos como los grandes, pero una vez nos descubrió mi otra hermana y amenazó con contarle a mamá que estábamos haciendo algo horripilante y espantoso y no lo volvimos a hacer. Ahora jugamos con las barbies. Yo tengo dos. A una se le sale la pierna. A veces hace de mujer con pierna amputada. Ella tiene como tres y todas tienen mucho pelo. Abundante cabellera, como Genoveva de Brabante, una princesa del libro verde que a veces leo y que no se termina nunca porque está lleno de cuentos. A mí lo que más me gusta de las barbies son las casas. Nos entretenemos haciendo las casas de las barbies y nos pasamos horas decorándolas con potes de cremas que hacen de asientos, libros abiertos que ponemos como si fueran los cuadros que ellas tienen o paredes empapeladas, pañuelos que son cortinas y otras cosas que vamos recolectando con paciencia en toda nuestra casa para decorar las casas de ellas. Los biombos siempre dan distinción.

Ahora estoy contenta porque ya no voy a vomitar más en el resto del viaje. Nunca lo hago dos veces. Abro un poco la ventanilla, para tomar aire fresco, pero entra una ráfaga caliente, espesa, que apaga todos nuestros ruidos con una vibración de hélice. Cierro la ventanilla. Le propongo a mi hermana jugar a las Grandes Tiendas de París, donde no se puede decir ni sí ni no ni blanco ni negro. Jugamos. Mi padre conduce en silencio. Mi madre mira la carretera, inmóvil. *Buen día, señora, ¿en qué le puedo ayudar?*, le digo. *Estoy buscando...* Mi hermana piensa por un rato y me pongo ansiosa. *Estoy buscando un par de medias*, termina. *Oh, justamente hoy nos llegó la última colección, ¿quiere verlas? Sí.* Yo me río y hago alharaca de mi triunfo. Ella se ofende (ella se ofende mucho) y se da vuelta. Me quedo un rato en silencio y de repente le pido a mamá una empanada. Me la alcanza y me la como. Después le acaricio el pelo. Mamá me sonríe y me da otra. Mi hermano, a mi lado, me dice, bien bajito, *dumbo vomitona, dumbo vomitona* y yo le grito *no me digas dumbo* y él prosigue *dumbo-dumbo-dumbo*, y lloro. Mamá suspira adelante y dice que ella también tiene orejas grandes. Interrumpo el llanto para mirarle la orejas y me doy cuenta de que miente. Sigo llorando y mi hermana mayor interviene para decirme que no debo dejarme atormentar, que lo mejor es reírme y no hacer caso. Mi hermano sigue *dumbo-dumbo* y yo lloro más, con hipo y todo.

Quisiera decir. Quisiera decir. Quisiera decir tu nombre. Quisiera contarte. Que tengo abierta una herida. Canto junto a José Luis Perales pensando en José Enrique. Quizás un día José Enrique me bese. No me gustan los dientes que tiene. Ese sería un problema. Se le enciman los colmillos. Los tiene trepados a la encía, amarillos. Cuando lo miro a José Enrique mis ojos se pierden en los dientes y no puedo evitarlo. Sé que debo evitarlo, pero no puedo evitarlo. En el pasacassette canta José Luis Perales. El cassette es de mi hermana mayor, pero yo conozco las letras de memoria, porque a veces me tiro en la cama con ella a escuchar. Ella piensa en los novios y yo pienso en los novios. Los novios de ella son más altos que los míos. Los de ella tienen granos. Los míos tienen dientes que se enciman. A mi madre no le gusta José Luis Perales. Prefiere sevillanas. Y mi padre tiene un gusto muy enigmático. Tengo que acordarme después de hablar sobre el sentido de la palabra *enigma*. Me cambio el anillo de dedo para recordar. Tengo un anillo de cáscara de coco. Me lo regaló mi tía. *Qué bohemia estás*, me dijo mamá, sonriente, cuando lo vio. Yo dije *soy flor de bohemia*. Ahora el anillo está en el índice en vez de estar en el anular. Así recordaré lo que debo decir cuando haya acabado con esto. Mi padre. Él a veces escucha a Isabel Pantoja. A mí me parece muy atormentada. No sé bien, lo que se dice bien, qué quiere decir atormentada, pero me imagino. Mi hermana no quiere que me atormenten por mis orejas grandes, pero me atormentan igual. Mi madre no quiere que atormentemos a mi hermana menor diciéndole que es adoptada, pero no le hacemos caso y le decimos, una y otra vez, que ella no es quien cree ser, pero que igual la querremos siempre porque ella es buena.

    Los atormentados son atormentados aunque alguien intente protegerlos. Hay algo en el tormento que los hace abrazarlo aunque les pique el cuerpo y el escozor les lastime la lengua. Yo intento proteger a Alí, que es la mejor alumna en gimnasia y la peor en todo lo demás. Todos la atormentan porque es burra y porque tiene dientes de conejo, pero yo la protejo. No sirve de nada, pero lo hago igual. Ella tira la pelota como nadie. Dobla el brazo y la coloca entre la mano y la costilla, toma impulso y la tira así, de costado, en diagonal. La pelota cruza la cancha y me pega en la panza o en la cola (intento esconderme de la pelota en vez de agarrarla, y eso está mal en el juego) y en ese momento pienso mal de Alí, porque me duele cómo pega. Pero después se me pasa. A veces Alí me convida con coca cola. Ella toma coca cola y yo le pregunto si me convida. Ella me da la botella y yo chupo del pico. Ella toma la botella y limpia el pico con la moña. A mí me da rabia pero no le digo nada porque la botella no es mía. Después entramos a clase pero ella está en la luna. La maestra le pregunta: *Alí, las tablas* y ella saca los dientes de conejo, sonríe y encoge los hombros. Yo sé las tablas pero no me importan. Me gusta la del nueve porque las cifras que resultan de la multiplicación, sumadas, dan nueve. Dos por nueve es dieciocho. Ocho más uno es nueve. Me gustan esas cosas. Cosas así.

    Papá se ríe y abandono las tablas para mirarlo. Está

escuchando la radio y tomando mate. Me gusta cómo maneja papá. Creo que nunca va a chocar. No quiero que choque. Él nunca va a chocar. Quiero tocar madera para que papá nunca choque. No encuentro madera. Entonces me toco la coronilla. Me toco la coronilla para que papá nunca choque. Ya está. Ahora sí. Papá se ríe nuevamente y miro su nuca. Escucho junto a él, viendo de cerca las hebras blancas de pelo, oliendo de cerca la gomina verde azulada que usa siempre. Un cómico cuenta chistes en la radio. Papá y mamá escuchan al cómico. Yo también, pero me aburro mucho antes de que llegue el final. Interrumpo al señor y le pregunto a papá si quiere que yo le cuente un chiste. Dice que sí, pero no sé si quiere. Le digo *bueno* y me quedo un momento pensando cómo empezaba y ya de paso hago tiempo para que mi padre se dé cuenta de que tiene que bajar el volumen de la radio porque sino va a ser imposible hablar. Pero nadie baja el volumen. Carraspeo. Le cuento el de la monja que se llamaba Eta y le decían Sor Eta. La monja lloraba y lloraba porque todos le decían Soretita para acá, Soretita para allá, y ella llore y llore porque no le gustaba el apodo. Estoy hablando a los gritos porque la radio me molesta y pienso que si hablo a los gritos tal vez se percaten de que deberían ser considerados y bajar el volumen. Mamá se da vuelta para mirarme. Mi hermano está durmiendo. Mi hermana menor está durmiendo. Mi hermana mayor mira por la ventana, como si ella también contara postes.

Un día Soretita va a la oficina de la Madre Superiora y le dice: *Madre Superiora, yo no aguanto más, quiero que me busque un nombre nuevo, porque así no aguanto más.* La Madre Superiora dice: *Hija mía, mira esta semilla. Hoy mismo la plantaré y dentro de un mes tu volverás y veremos cuál es la planta que nace de esta semilla, porque esa planta te dará un nombre nuevo.* Entonces Soretita se va muy contenta y pasa un mes pensando en ser Rosa, Alegría o Santa Rita. Mi hermana me interrumpe para decirme, con voz de mordisco, *mentira.* Yo me defiendo: *mentira, ¿qué?* Ella responde: *mentira, no puede llamarse Santa Rita porque nadie le va a decir Sor Santa Rita.* Yo le digo que sí puede ser porque hay monjas que son santas. Ella dice que no, que una persona es monja o es santa, pero que nunca es las dos cosas. La ignoro y sigo. El cómico de la radio está hablando de un hombre albino que era objeto de toda clase de murmuraciones. Me parece que mi padre está escuchando otra vez ese chiste y que ya se olvidó del mío. Grito más. *¡De repente llega el día y Soretita va a la oficina de la Madre Superiora, que está muy triste atrás del escritorio, mirando a Soretita con pena!* La voz se me tensa en el grito. *¡Soretita le pregunta a la Madre Superiora: ¿Qué soy?, ¿qué soy?* La Madre Superiora le dice: *Lo siento mucho Soretita, pero desde ahora deberás llamarte Sor Hongo...!*

Hay un instante de silencio, que para mí es de expectación, y el corazón se me aprieta. Por fin mis padres se ríen. Papá parece más divertido que mamá. La risa se le prolonga más. Se parece más a la risa que tiene cuando se ríe en serio. Cuando papá se ríe en serio hace cosas como quedar todo colorado, ahogar la voz y repetir tres veces el remate del cuento que lo hizo reír (*¡enciclopedia!, ¡enciclopedia!, ¡enciclopedia!*). Mi hermana mayor no parece convencida y me pelea. Me dice que un hongo nunca nace de semilla. Yo le digo que sí, que algunos tienen semillas. Ella me pide que no sea burra. Dice: *mamá, ¿no es cierto que los hongos no nacen de semilla?* Mamá dice que sí, que es cierto, pero que yo sólo estoy contando un chiste. Todos nos quedamos en silencio por un segundo. Afuera las nubes se ponen tenebrosas. Pienso que no debe ser cierto eso de que pasan ángeles cuando uno queda callado y son menos veinte. Eso no me convence para nada. ¿Por qué tienen que pasar sólo menos veinte? No entiendo. Papá sube la radio y escuchamos la risa de los que festejan el chiste del señor. Yo no me estoy riendo. No me río, no.

Mi hermana menor grita *¡ya es la hora!* Mi hermano le da la razón y me dice: *lo lamento mucho, pequeña, pero debes cederme tu lugar, cariño.* Le pregunto por qué habla como si estuviera en una película. Me sonríe, entrecerrando los ojos, y pienso que se volvió loco. Resoplo. Mi hermana mayor está rogándole a la chica que por favor la deje en la ventanilla, que a cambio cuando lleguemos al balneario ella le dejará elegir la cama. Me enojo y digo que no vale, que no vale que ella elija la mejor cama, porque entonces para eso yo le cambiaba el lugar a ella y si es por elegir yo también tengo derecho. Mi hermano interviene y nos dice a mí y a la chica que no nos dejemos abusar, que no intercambiemos favores que compren nuestra dignidad y amenacen la bendita unión fraterna de nuestra sangre. Definitivamente pienso que mi hermano enloqueció. La mayor nos mira a los tres con un aire profundamente agraviado. Se siente decepcionada por nuestras miserias humanas. Pienso si debí defenderla, ahora que recuerdo que antes ella me defendió mientras dormía, diciendo que yo era una neutral. Nos miramos sin arriesgar una palabra más. Ella sigue con esa expresión de *mirá vos, y yo que pensé que en ustedes sí podía confiar... ¡qué ilusa!* Estamos silenciosos. Adelante mamá se ceba un mate. El chorro de agua caliente hace un charquito en el hoyo del terraplén que forma la yerba. Mi hermana chica abre la boca y es mi hermano el que habla. Dice: *un trato es un trato.* Derrotadas, las de las ventanillas nos paramos y pasamos por encima de las piernas de los sucesores, los dichosos. Todo el cambio de lugares es trabajoso. Lo piso a mi hermano, que protesta, corriéndose rápidamente hacia el costado. Mi hermana mayor abre las piernas larguísimas y su muslo izquierdo me quita lugar. No cedo y yo también abro las piernas. Ahogo una queja mientras mi rodilla presiona la suya. La pulseada de muslos nos deja a ambas en un sitio más equitativo. Mi hermano mira por la ventanilla como si estuviera descubriendo algo tremendamente interesante. Tuerzo la cabeza para ver yo también, pero me tapa. Estoy en el medio. Maldita sea.

Quiero un perro. Tengo peces. Tuve tortuga, pollitos, loros, hamsters y un conejo. Mis peces nadan en una pecera grande, llena de piedritas y caracoles. Se llena de musgo y dos por tres tengo que limpiarla. Me da pereza limpiar la pecera, y me demoro, me demoro, me demoro, hasta que un día dejo de ver los peces y sólo veo la capa verde de musgo pegada al vidrio. Pego el ojo a la pecera y en una rendija veo pasar la cola de Boris, mi pez naranja. El otro se llama Otro y nada a un lado. Es blanco y débil. Nunca pensé que fuera a vivir tanto, pero ahora creo que no lo voy a volver a ver vivo. Ahora para poder venirnos todos tranquilos de vacaciones le dejé la pecera a María, mi amiga. Le pedí que me cuidara los peces, le di la comida especial y me fui. Cuando volvía a casa caminando me di cuenta de que si alguno se moría, ella se iba a preocupar horriblemente. Volví a la casa y le dije que si se me moría algún pez, que lo tirara por el wáter. Pero que intentara que no se muriera nadie. Después mamá llamó a la madre de ella y le preguntó si no era mucha molestia cuidar esos *huéspedes*. Cuando hablaba por teléfono dijo *huéspedes* al tiempo que hacía la Señal Internacional de Comillas, curvando los dos dedos, cortando el aire con el ademán. Parece que la mamá de María le dijo que de ninguna manera era una molestia. Cuando mamá cortó dijo: *vamos a traerles algo de regalo a la vuelta; qué consideración*. Yo pregunté *¿un souvenir?* Mamá dijo *sí, o alguna artesanía*. Yo pregunté *¿un caracol grande y lustrado?* Mamá dijo: *puede ser, puede ser*. Qué hermosa es mi madre.

Ahora viajo y pienso que no voy a volver a ver a mi pez blanco, el Otro, porque no va a vivir mucho más. Cuando lo vi por última vez ya no nadaba. Estaba de costado, flotando en el agua, quietito. Yo golpeaba la pecera para despertarlo y él se movía apenas. Apenas giraba, rotaba para quedar derecho, pero no aguantaba. Al ratito estaba dado vuelta otra vez, flotando adentro del agua. Yo creo que hasta que no salga a flote no lo voy a dar por muerto. Los peces tienen que flotar arriba, porque si no están vivos. Me da lástima que se me muera el Otro. Creo que Boris lo va a seguir y que ya no voy a tener peces. Y tampoco perro. Tuve otros peces antes. Pisé a uno sin querer un día en que tuve que limpiar la pecera. Lo saqué del agua y se me resbaló y el pez saltó como loco por el suelo y yo me puse nerviosa y lo corrí por la cocina, intentando barajarlo en el aire. Pero lo pisé. Sonó feo. Tuve otro más. A todos les dije que se llamaba Berta, pero en el fondo yo le decía Profesor de Órgano. No sé por qué, pero yo le decía así. Un día lo fui a comprar a la veterinaria y esa misma noche se lo comieron Boris y el Otro. A la mañana siguiente sólo estaba la cabeza. Yo lloré y mamá me dijo que me tomara un licuado. Quise enterrarlo, pero mamá me dijo que los peces se tienen que ir por el agua, entonces lo tiré por el wáter. Por eso le dije a María que tire el próximo muerto por el wáter. Es la forma que tienen los pescados de morirse sin dejar el hábitat.

En mi casa tengo un cementerio de animales. El fondo está lleno de pedacitos de cruces. Cuando un pájaro se muere nosotros lo enterramos. Mis hermanas y yo hacemos el pozo y mi hermano clava dos maderas y hace una cruz. Tenemos como siete pájaros enterrados. Las cruces no duran nada, porque se rompen cuando llueve. Esa zona del jardín es linda para encontrar lombrices. Y algún día va a haber petróleo. Estoy segura. Ojalá la casa sea nuestra, porque así ganamos toda la plata. En *Dinastía* tienen toda la plata del mundo, porque tienen petróleo. El petróleo se hace gracias a los huesos. El cementerio de Salto un día va a dar petróleo. Y todos los animales muertos en el jardín de casa también. Yo voy a ir en una caravana y una fila larga de autos va a recorrer la ciudad tocando bocina y nosotros también vamos a tocar bocina y vamos a gritar: *olé, olé, olé, olé, petró, leo.* Si tuviera un perro el perro un día moriría. Ahí no sé si me animo a enterrarlo en casa. No quiero tantas lombrices cerca.

Mi hermano duerme con la cabeza inclinada sobre una campera apoyada en la esquina del respaldo y el vidrio de la ventanilla. Respira con ruido. Le está creciendo la nariz. Juraría que el año pasado su nariz era más chica. Miro el campo que corre y los pastos y los postes y ahora un mojón con un número que no alcanzo a leer porque ya pasamos y luego miro el campo que corre y los pastos y los postes y los pastos, y los postes, y los pastos, y otro mojón y tampoco alcanzo a leer. Me faltan unos ciento sesenta kilómetros para volver a la ventana. Una vaca. Como cinco mil vacas y cada tanto un ternero. Intento no pensar en nada y sólo ver el paisaje. Mi madre le acaricia la nuca a mi padre. Los dedos desaparecen bajo el pelo canoso. El brazo extendido de mi madre está pálido. Cuando volvamos va a estar bronceado y todo va a ser distinto. El codo es arrugado y gastado. Me dan ganas de tener un codo igual de gastado. Me tendré que pasar piedra pómez para que me quede igual. Mi padre la mira de reojo a mi madre. Ella sonríe. Me da vergüenza y cierro los ojos y trato de pensar en el futuro. No se me ocurre nada sobre el futuro y pienso en el pasado y está Eva. Mi amiga Eva tiene el pelo rubio casi blanco y la cara blanca cachetona y los labios rojos y un lunar al lado, que se le tuerce para arriba cuando se ríe. Yo le miro el lunar y pienso que ese lunar que ella tiene a mí me hipnotiza. A veces juego con mi hermana a hipnotizarla. Le digo con voz grave y gruesa: *ahora te voy a hipnotizar*. Entonces me saco el reloj que me regalaron en mi cumpleaños y lo agarro de la punta y lo llevo a un lado y lo llevo a otro lado, como si fuera un péndulo, para que mi hermana vaya quedando bizca de tanto seguirlo y entonces quede hipnotizada y entonces yo pueda decirle: *ahora serás mi sirviente*. Pero ella nunca se hipnotiza. Se aburre pronto y yo me vuelvo a colocar el reloj y aquí no ha pasado nada. Una vez Eva vino a casa a jugar y estábamos las dos jugando a sellar hojas y vino una prima segunda que yo tengo que es muy mala. Mala no. Es creída. Es eso. Tiene el pelo bien largo y juega tenis. Vino a casa y le dijo a Eva: *correte, gorda*. Yo me enojé pero no le dije nada. Eva puso cara de que no le importaba, pero se fue al baño, volvió con la nariz roja y me dijo: *me voy a casa, chau*. Mi prima segunda selló las hojas que quedaban sin sellar, tomó un licuado de banana y se fue sin despedirse.

 Otro día Eva me invitó a la casa a comer asado. El padre, que es inglés, asó choclos en la parrilla. Yo nunca había comido choclos asados. Estaban deliciosos y me comí tres. A mí me gusta la familia de Eva. Es rara. El padre es calvo. Tiene la cara roja. Habla raro, porque es inglés. Vino a hacer la represa porque es ingeniero. Vinieron un montón de ingenieros a hacer la represa. A mí me dijeron que no tenía que encariñarme mucho con Eva porque el padre va haciendo represas por todo el mundo y en cualquier momento la represa está pronta y ellos se van. La madre de Eva es argentina y tiene muchos rulos porque es hippie. A mí me parece linda. Me hace acordar a algo, todo el tiempo, pero no sé bien a qué. Al principio pensé que era por Jo, mi Mujercita favorita, porque es la valiente, que se anima a vender su cabellera, que es su posesión más preciada, con tal de hacer el bien. La madre de Eva, Jo y Genoveva de Bravante tienen unas cabelleras memorables. A mi madre le cae muy bien la madre de Eva. Eva tiene una hermana menor que se llama Sara y tiene el pelo todavía más rubio y la cara todavía más blanca que Eva. A mí me gusta escuchar cómo hablan el inglés. Me encantaron aquellos choclos en casa de Eva. Después vimos *El globo rojo* y no me aguanté y me puse a llorar. Creo que es la película más linda que vi en mi vida. Es muy triste. El niño tiene un globo muy rojo que no se desinfla porque tiene gas. Todo el mundo se lo quiere pinchar y él tiene que andar corriendo para que nadie se lo pinche. Él corre y lo cuida y el globo es lindo, porque siempre anda arriba, bien estirado, bien alto. Pero la gente es mala y persigue, y él corre y lo cuida, aunque al final se lo pinchan. Eva también llora y la nariz le queda roja. Mis padres comentan cómo se llevarán los padres ahora que hay guerra en las Malvinas. Yo creo que ellos no se pelean, pero igual le pregunto a Eva si los padres se pelean mucho por la guerra y ella me dice que no sabe. Un día yo estaba en la casa de ella montada en la manzana saltarina y la madre de Eva estaba con la máquina de coser y Eva le preguntó si ella estaba enojada con el padre por la guerra. La madre sonrió y le dijo que la guerra estaba lejos. Otro día mis padres fueron a una manifestación por la democracia y Eva estaba conmigo y fuimos todos y en la plaza saltamos *el que no salta es un botón*. Eva saltaba más que yo y aplaudía y hasta se acercó al estrado para estar más cerca de los políticos. Yo estaba parada al lado de las piernas de papá y de repente vi entre las piernas de los otros a Eva, parada al lado del estrado sacudiendo un banderín. Fui con ella y me quedé parada al lado, oliéndole el pelo mientras cantaba *En el bosque de la China*. Ella me prestó la bandera y yo pensé que ella era una valiente. Un día se fueron. Eva me dijo que el padre tenía que ir a Pakistán y yo me puse a llorar. Ella me dijo que no llorara pero no encontré razón para no hacerlo. Mamá me dijo que no llorara pero por más que traté no pude hacerlo. Antes de que se fueran fui con mamá a la casa de Eva y ella me regaló la manzana saltarina. La madre de Eva le regaló a mamá varios vestidos de Eva y de Sara para mí y para mi hermana. Aunque Eva era más gordita que yo, algún día me iban a servir. Mamá la abrazó y yo también. Después mamá abrazó a Eva y yo también, pero más rato. Eva me dijo que me iba a escribir cartas y le dije que yo también. Ella me dijo que le iba a poner pegotines a sus cartas y le dije que yo también, los más lindos. Después me fui y cuando me subí al auto me puse a llorar pero ahí mamá no dijo nada. A veces me pongo los vestidos de Eva. Son largos y tienen flores, como los de Sarah Kay. El otro día volvía de la plaza y en la calle me gritaron *sacate el camisón*. Yo no hice caso, pero cuando llegué a casa me puse a llorar. Después me saqué el vestido y lo colgué. Ya no sé si usar esos vestidos que parecen camisones. Mandé dos cartas con pegotines a Pakistán, pero Eva no contesta. Yo ya no sé dónde está.

Mamá tampoco. Nadie sabe. No sabemos.

　Las rodillas de mis hermanas son mucho más lindas que las mías. La chica tiene bermudas a cuadritos. La tela se llama cloqué. La grande tiene un jogging lila. Ellas tienen piernas bien torneadas y rodillas huesudas y las piernas se les ponen angostas al llegar a las rodillas. Es así: tienen los muslos largos y las pantorrillas largas y bien torneadas, pero las rodillas son chicas y flacas y vienen a ser una especie de reloj de arena en las piernas que ellas tienen. Los huesos son delicados y me dan ganas de morderlas de tan lindas que son. Yo no tengo rodillas así. Yo tengo las rodillas del mismo tamaño que los muslos y que las pantorrillas. Entonces parezco una gordita. No es que sea gordita, pero es que las rodillas las tengo con esa forma que engaña. No voy a ser modelo. Si ellas quieren ser modelos yo las voy a aplaudir cuando ellas pasen por la pasarela. *Chau, chau, chau.* Alguien les va a gritar *¡hermosas!*, y yo voy a decir: *de acuerdo, pero momentito, no les faltes el respeto.* Seré la misionera que aplaude y mi cruz de madera será austera y yo seré austera y profunda como una muchacha que se esmera, tan esmerada como esas mujeres de boca enorme que están concentradísimas cuando abrochan un collar difícil alrededor de un cuello, intentan no pisar un charco sucio, trasladan una bandeja con copas frágiles, miden cualquier cosa con una cinta métrica, se agachan para buscar una horquilla perdida, enhebran un hilo en una aguja, escuchan una canción que luego han de juzgar, avanzan por un cordón angosto siendo equilibristas novatas. Pero ellas no quieren ser modelos. Ya les pregunté y a ninguna le interesa. Le propongo a mi hermano que juguemos un serio. Me juega. Lo miro. Le miro el entrecejo, donde unos pelos minúsculos le hacen una sombra que sólo se ve si uno quiere verla. Intento pensar en cosas tristes. Pienso en Eva otra vez, pero la tristeza ya se fue y no me sirve para ganarle. Pienso en la cosa más horripilante que hay en el mundo. Ya sé. Son las plantas carnívoras que devoran a los bichos que se posan en los capullos humedecidos por los bosques tropicales o las selvas mojadas donde ellas nacen y crecen y se ponen voluptuosas y ávidas de carne humana y de engullir los dedos de la gente que, por tontería o por curiosidad o sin darse cuenta, las tocan, aunque sea breve o delicadamente. A veces se comen moscas e incluso se ha sabido de un colibrí que fue comido por las plantas carnívoras. Personas han quedado mancas. Me da miedo lo que lastima aunque uno no haya hecho nada malo. Tocar algo carnívoro puede ser fatal. Hay que tener mucho cuidado. Las plantas carnívoras me sirven para jugar al serio. Pero mi hermano me hace unas morisquetas bastante insólitas: abre las narinas y suelta aire como si fuera un hombre furibundo y concentrado al mismo tiempo. Empiezo a tentarme y hago contorsiones con la boca para no reírme. Él me mira con aire triunfal. Me gana. Me dice que si quiero me da revancha. No quiero. Para qué, si sé que voy a perder.

Ahora escuchamos a Crystal Gayle, que es una cantante country que a mi padre le gusta mucho. No sé si es su cantante favorita, pero está cerca. Ella es de Kentucky. Ella canta como si consolara. Nos aprendimos algunas canciones de memoria, aunque no sabemos bien el inglés. Mi maestra favorita es Lil. Mi color favorito es el azul, y a veces también el rojo. Pero más es el azul que el verde. Mi animal favorito es el perro. Mi país favorito es Uruguay y también España. Mi tía vive en España. El esposo se llama Jesús. Le pusieron Jesús porque era el más chico y vivía en un pueblo. Lo tenían apartado para que fuera cura, pero él no quería ser cura. Quería ser otra cosa, pero estudió para cura. Al más grande también lo apartaron para algo, creo que para carpintero. Jesús no quería ser cura y al final no fue cura porque conoció a mi tía. Ahora viven allá en España y trabajan en la imprenta. Cuando él vino jugamos a "mi barba tiene tres pelos, tres pelos tiene mi barba". Yo le contestaba *mi barba tiene tres pitos, tres pitos tiene mi barba*. Después mi hermano siguió cantando *mi barba tiene tres culos, tres culos tiene mi barba*. Después cantamos *mi culo tiene tres pitos, tres pitos tiene mi culo*. Él no nos dejaba y nos decía *no me hace ninguna gracia*. Él dice *hace* y *gracia* como dicendo *haze* y *grazia*. Me da mucha felicidad escucharle decir la zeta. Mi almanaque favorito es el de Suiza. Me gustan las casas con nieve al costado y el lago y las montañas. Mi dibujo animado favorito es *Meteoro*, y también a veces *Heidi*. Para mí que ella vive en Suiza. Me gusta cuando canta *abuelito dime tú, qué sonidos son los que oigo yo, abuelito dime tú, por qué en una nube voy, dime por qué yo soy tan feliz*. Yo a veces la cantaba bien y a veces cantaba otras cosas, como por ejemplo *abuelito dementún*. Mi chiste favorito después del de Sor Eta es uno de locos que se escapan del manicomio vestidos de caramelos y a uno le dicen si acaso él es demente y él contesta que no, que es chocolete. La otra vez papá me preguntó si cuando yo sea grande quiero contar chistes como profesión. Me quedé pensando. Creo que no. Mi trabajo favorito para cuando sea grande es ser misionera. Mi tía la española antes de casarse con Jesús era misionera. Ahora paramos a descansar. Papá estira las piernas. Le crujen cuando las estira. Nos bajamos todos al borde del camino, donde hay árboles. Son eucaliptus. Agarro una hoja del suelo y la muerdo. Me gustaría que fuera menta. Mi helado favorito es el de menta. Pero la hoja no tiene gusto a menta. Tiene gusto a pasto. Mamá va atrás de un árbol a hacer pichí. Mi hermana mayor no quiere salir del auto. Está empacada, pero no sabemos por qué. Yo también estiro las piernas, pero a mí no me suenan. Mi hermana menor va con mamá a hacer pichí atrás del árbol. Mamá me pregunta si yo no quiero. Le digo que no. Me dice que después no proteste si me vienen ganas. Le digo que no. Mi hermano abre el baúl del auto y revuelve el equipaje. Mi padre le dice que deje quieto, pero mi hermano está buscando un cortaplumas que no corta que le regalaron hace un tiempo. A él le gusta, pero no corta. Parece un cortaplumas suizo, pero no es. Ahora vuelve con el cortaplumas y desgarra un pedazo de corteza y hunde lo que vendría a ser el filo de *arma blanca* (un hermoso cuchillo blanco alado como un ángel especialmente rubio es lo que imagino cuando digo arma blanca). Se queda mirándolo. Hace cálculos, parece. Doy vueltas alrededor del árbol que raspó mi hermano. Cuento los pasos del redondel con mucho cuidado. Son doce pasos si voy pegando los pies uno después del otro, y seis si camino como siempre, con mis pasos comunes. Mamá y mi hermana menor vuelven de detrás del árbol.

La mitad, digo, pensando en enigmas. Mi hermano viene otra vez corriendo desde el auto. Trae la máquina de fotos colgando. Mi hermana mayor viene corriendo atrás. Ahora está contenta, para mí que es porque ella y mi hermano están tramando algo. La abrazo y me mira desde arriba y guiña un ojo. La abrazo más. Mi hermano dice que nos tenemos que sacar una foto. Todos nos alegramos y a todos nos parece que es una buena idea. Mamá dice que entonces luego podemos poner en el álbum que así empezaron las vacaciones. No sabemos cómo se saca la foto automáticamente, para que mi hermano pueda estar presente. Él dice que cree que sabe, pero igual no hay dónde apoyar la cámara para sacar la foto. No hay un tronco talado que sirva de mesita ni tampoco podemos usar el capó del auto porque papá dice que se va a resbalar la cámara. Me desespero porque intuyo que en cualquier momento papá o mamá van a decir que bueno, que no importa, que mejor sigamos porque estamos demorando mucho. Mi hermano también se desespera. Nos miramos (mi hermana menor a mi hermano, yo a mi hermana menor, mi hermano todo alrededor) hasta que mamá propone que él saque una foto y que luego ella nos saca una foto a todos. No me gusta esa solución porque siempre falta uno. Dudamos. Mi hermana mayor tiene una idea genial. Dice que por qué no ponemos la cámara sobre el pasto, acostada, y que nosotros nos abrazamos alrededor, todos parados pero con las cabezas bien juntas haciendo un círculo alrededor del visor de la cámara. Como cuando en las películas los equipos de fútbol o de béisbol dicen *todos para uno, uno para todos*. A mi padre le parece una buena idea. Mi hermano se saca la campera y la pone sobre el pasto. Recuesta la cámara encima y le toca unos botones. Mi hermana menor está nerviosísima, como si estuviera a punto de explotar una bomba. Le pregunta si ya está a cada rato. Mi hermano está inclinado sobre la cámara, con el ceño fruncido. Miro sus rodillas grandes, su rótula casi transparentada por la piel tirante (él está en cuclillas). Extiende sus brazos (qué largos esos brazos, Dios mío, cómo pueden ser tan largos) y soporta el apuro de todos, hasta que de repente pierde la paciencia y le dice a mi hermanita que se calle. Ella lo mira con cara de estar a punto de llorar; le tiembla el mentón y los ojos se le llenan de lágrimas y las lágrimas son rebosantes y ya parece que van a derramarse todas juntas en un estallido y pienso en *Candy* y estoy segura de que en menos de tres segundos ella se irá corriendo y mi padre dará por terminado el asunto y todos volveremos al auto nauseabundo, cuando por suerte mi hermano exclama que ya está y que nos tenemos que abrazar y mirar a cámara y decir *whisky* antes de que la foto se dispare. Le hacemos caso. Estamos abrazados todos mirando al suelo, a la cámara. Una luz roja titila en el frente. Nos vemos reflejados en el cristal del visor. Detrás de nuestras cabezas está el cielo con nubes. Nos cuesta mantenernos quietos. A mí me toca entre mi hermana mayor y papá. Al lado de papá está mi hermana menor y a su lado está mamá y a su lado está mi hermano y luego viene mi hermana mayor y de vuelta yo. Decimos *whisky* otra vez, porque la cámara demora. La sonrisa está a punto de quedar endurecida. *Que saque, que saque. Que saque, que saque*, digo.

Que saque, que saque, repite la más chica. Mamá suspira ruidosamente y definitivamente estamos congelados. Sucede. La cámara hace clic. Y todos respiramos y nos soltamos rápidamente y nos vamos caminando hacia el auto con algo de pudor y algo de cariño.

A mí me gustaría mucho descansar en el paraje un rato más, probar con pasos largos alrededor del tronco a ver qué pasa (¿acaso serían tres?), pero nos vamos. Mi madre nos dice que si vamos a hacer el cambio de los doscientos kilómetros nos conviene hacerlo en ese mismo lugar, en ese preciso momento, ya que luego adentro será un lío. Mi hermana menor dice que no vale, ya que faltan todavía siete kilómetros para que se cumplan doscientos. Mi hermano apoya a mi hermana menor. Mi madre hace su rictus de desacuerdo y vuelve a suspirar. *Está bien, está bien,* dice mi hermana menor, con aire vencido. Mi hermano dice que no es justo. Yo estoy un poco triste. No sé bien por qué, pero ya ni tengo ganas de pelearme con mi hermano para convencerlo de que me ceda en ese instante la ventanilla. Ya están todos en el auto y mi hermano me mira con ojos amenazantes, esperando que entre de una vez. No me resisto. Ya no me importa la ventanilla, porque estoy triste. Subo. Él entra después, victorioso. Cierra la puerta con fuerza. Papá arranca el auto, pone el señalero y otra vez estamos en la ruta.

A veces el viaje es tan largo que me acostumbro y después no quiero llegar. Ahora, por ejemplo. Ya no quiero llegar. Por mí que nos quedemos acá para siempre, para siempre en este asiento tapizado de cuero beige y el aire que huele a pijama y miguitas de empanada entre las piernas. Me como otra empanada más. Mi hermana mayor parece otra vez empacada, pero no es conmigo. Averiguo: *¿qué pasó?* Me dice: *nada*. Le digo: *tengo mal aliento*. Alzo la mano, hago un hueco de modo tal que cuando sople el aire sea devuelto por el cuenco que forma la palma. El aire es devuelto. Lo aspiro. Contengo el aire. No tengo mal aliento. Le soplo en la cara. Pone cara de asco pero enseguida la cambia por otra sonriente. *No*, me dice. Ella me sopla a mí su aire. Tiene un gusto a burbujas, pero no es feo el aliento. *Está perfecto*, le digo. Ahora me toca viajar al lado de ella. Sigo en el medio. Me mira y me dice *gordi*, y pone los dedos así apenas tocándome los párpados. Siempre hace eso porque sabe que entonces me duermo. Mi hermana menor pregunta cuánto falta para llegar. Mi madre contesta que menos que antes. Mi hermana mayor me sigue haciendo así con los dedos y yo sé que me voy a dormir otra vez. Me apoyo contra su hombro, pero el hombro es huesudo y tengo que poner una campera para que haga de almohada. Pongo la campera y me estoy por dormir. En la radio hay ruidos de rayos, como si lloviera. Abro los ojos y afuera la luz se está apagando, pero no llueve. Me acuerdo de la corteza de mi hermano. Se la pido. Me dice que adivine dónde está y cierra los dos puños para que elija. Toco un puño y lo abre y la mano está vacía. Toco el otro y también está vacía. Me enojo y vuelvo a cerrar los ojos. Pienso en la corteza. El árbol ahora está raspado. Mi hermano tiene un souvenir del árbol de la ruta, del árbol como es ahora, que es verano. Mi árbol favorito es el jacarandá de casa. El lapacho me gusta por las flores que tiene. El hombro de mi hermana es huesudo igual, aunque ponga la campera. Abro los ojos. No puedo dormir. Hay olor a pijama otra vez. Pero no es sólo el de mi hermano. Es el olor de nosotros juntos cuando hace como un día entero que estamos adentro y en la alfombra del lado de mi madre hay restos de yerba y entre nosotros están las migas y luego mi vómito sofocado por el sándalo y luego nuestras narices respirando y el calor. Este calor. Mamá se ríe de algo. Me inclino para apretar el botón de la puerta de papá. Siempre se olvida de apretar bien el botón. Después me hago lugar entre mi hermana mayor y mi hermana menor y trato de apoyarme entre los asientos de papá y mamá, para escuchar de qué se ríe mamá. Pero ahora se callan. Papá maneja en silencio, pero hace caras como si estuviera imaginando una conversación. *Quiero hacer pichí*, digo, y los dos suspiran.

Vacas. Postes. Auto blanco con conductor solo. Auto rojo con familia. Camioneta con dos hombres. Camión con vacas. Surco que deja camión con vacas que orinan y defecan por el susto de viajar apretadas con un destino incierto. Me he hecho especialista en mirar por la ventanilla desde mi lugar del medio. Mi hermano duerme con la boca abierta. Yo digo *para qué tanta pelea si al final se iba a dormir. Qué manera de perder el tiempo*. Me gusta Hernandarias porque trajo el ganado vacuno. Me gustan las vacas y esos ojos tristes que ellas tienen. No querría ser ternero porque ahora que soy humano sé que el destino de los terneros es triste. Sabría que pronto matarán a mi madre, que le golpearán la cabeza con un martillo y que luego le sacarán el cuero y la cortarán en tantos pedazos que nadie nunca podrá reconocer que las pezuñas esas son las de mi madre, que ese hocico le pertenecía. No querría que me destetaran y me dejaran en un corral mugiendo solo toda la noche. Pero me gustan las vacas, sí, me gustan mucho. Eso que tienen, la sumisión. Ahora veo una vaca y desde el alambrado la vaca me mira y tuerzo la cabeza para seguir mirándola mientras el auto se aleja, nos estamos alejando y me despido *chau, vaca*, y ella se queda mirándome un instante antes de correr espantada. Yo no le hago nada. Yo no le hice nada. Sólo la vi. ¿Por qué habrá corrido la vaca si yo sólo la miraba? Me gustan las vacas blancas y negras, pero también me gustan las marrones. Le propongo a mi hermana que cuente las marrones. Yo contaré las otras. Mi hermana me dice *no vale porque marrones casi no hay*. A nada se puede jugar en este auto. Atardece y todos somos anaranjados acá adentro, empezando por mis hermanas y mi madre, que viajan a la derecha.

Mamá anuncia que falta poco para llegar. Gracias, Dios, por hacer que lleguemos bien, sanos y salvos. Dios, por favor hacé que lleguemos bien, sanos y salvos. No quiero chocar, no quiero. Ya aprovecho para pedirte por favor no me vengan más lunares. No quiero tener más el lunar en la planta de los pies. Me da vergüenza. Ahora cuando tomo sol siempre me tapo un pie con otro pie, porque no quiero que me vean así acostada que en la planta tengo el lunar. Para mí que me salió el año pasado un día que pisé alquitrán en la playa y se ve que no me bañé bien y me quedó la mancha esa horrible y después me salió piel nueva arriba de la mancha y ahora la mancha está encerrada y ya no tengo nada que hacer. Eso es para mí lo que pasó, es lo que yo pienso. Ya nunca voy a poder ser modelo. Igual, no me importa, porque en el fondo no quería ser modelo; si tengo que querer, quiero ser misionera. Pero con esa mancha en el pie izquierdo y la quemadura del caño de escape en el tobillo y además mis orejas y las rodillas gordas nunca me van a querer para modelo. Pero no me importa.

Anochece. Mi padre se tapa los ojos de vez en cuando con el revés de la mano, apenas un segundo, cuando lo encandilan. Lo encandilan a cada rato, los que vienen atrás y los que vienen de frente. Mi padre masculla cosas que son insultos. Yo lo miro con inquietud. *Dios, acordate de lo que te dije.* Papá está cansado. Ah, qué largo es este viaje. Me inclino sobre mi hermano y, sin preguntarle si puedo o no puedo, bajo apenas el vidrio de la ventanilla y se cuela un aire que hace un ruido como si alguien chiflara una nota estridente como un alma en pena o un perro vagabundo aullando o un globo desinflado repentinamente. Mi hermano me dice que lo cierre. Yo le digo *sí, pero es que con ese olor a pijama que tenés algo hay que abrir*. Mi hermano me hace así con el dedo. Le digo *puto*. Cuando nos enojamos con él lo que le decimos es puto, pero ahí él se enoja tanto que da miedo. Me pellizca el brazo con fuerza y me retuerce la piel. Le digo *puto* de vuelta. *Te voy a fajar*, me dice, y se me tira encima y me caigo sobre mi hermana menor. Ella grita. Mi madre se da vuelta y dice *pero será posible, será posible, qué falta de colaboración*. Nos pega con la mano en las rodillas y me pongo a llorar y lloro a los gritos. Mi hermano mira por la ventanilla y parece que sufre más que yo pero no llora. Yo lloro por mí y también lloro porque él sufre y mira por la ventanilla. Mi hermana mayor está durmiendo y nunca se despertó. Esta vez no me importa el hombro huesudo. Quiero dormir y despertarme cuando ya estemos ahí, cuando ya hayamos llegado. No me gusta más este viaje. Ojalá ya hubiera acabado. Mi padre silba algo y es más lindo que el viento entrando por la ranura de la ventanilla. Intento imitarlo pero no sé silbar, y además todavía tengo mocos por haber llorado. Me duermo intentando el silbido. Sueño que monto una vaca y me lleva al paso hasta el Amazonas. En el Amazonas me hago amiga de una víbora y ella me lleva hasta un árbol que tiene una cueva. En la cueva está Luisita, la vecina de mi casa, que siempre me toca timbre para jugar y yo no quiero. *No quiero que esté Luisita en mi cueva*, le digo a la víbora, pero la víbora ya no está. Mi vaca come el pasto en la Amazonia. Luisita me mira con cara de querer jugar, y esta vez le digo que sí, acepto.

Cuando me despierto mi hermana grande está donde viajaba mi hermano y mi hermano ocupa el otro lugar en la ventanilla. Parece que mi padre ordenó que mi hermano y yo nos separáramos porque estábamos insoportables. Mi hermana grande canta una canción que dice Acapulco y es en italiano. Mi hermano le pregunta qué prefiere, si ir a Acapulco y tomar un agua de coco que lo vuelve a uno inmortal o ir a Honolulu y buceando bajo el agua encontrar Atlántida, la Ciudad Perdida de los Mares. Ella se queda en silencio, dudando. Todos dudamos. Mi hermana menor quiere ser inmortal, y los otros tres preferimos encontrar Atlántida, la Ciudad Perdida de los Mares. Mi hermano dice que prefiere respirar abajo del agua antes que encontrar Atlántida. Puede ser que tenga razón. Mis padres no contestan. Bucear nunca buceé, la verdad. Pero pienso mucho en esa ciudad que quedó sumergida una vez que los mares la taparon para siempre. Pienso en los ahogados, en las burbujas que respiraron antes de morir; me pregunto cómo sonará esa ciudad bajo el agua y me da miedo sólo pensarlo. Cuando vamos en verano a la playa a mí me gusta darme el primer baño de mar y el último baño de mar con mucho cuidado y atención.

Mañana si no llueve y también si llueve vamos a ir todos a la playa y entonces yo me voy a acercar a la orilla y después voy a entrar despacito. Sé que me va a doler el frío del agua, pero no me importa. Me gusta meterme al agua de mar por primera vez después de tiempo. Hace un año de la otra vez y esa vez hacía un año de la otra vez. Entro al agua y camino pisando como sin pisar el fondo. A veces me veo los dedos de los pies, pero no es tan común que pase. Avanzo en el agua y la piel de los brazos se me eriza por el frío. Después sólo tengo que tomar impulso y zambullirme y echar burbujas por la nariz y abrir los ojos bajo el agua mirando el cielo. Miro el cielo bajo el agua y entonces todo se me cura. Es la máxima salud mirar hacia arriba bajo el agua. Cuando me levanto tengo gusto salado en el paladar y en mis hombros y entonces yo me lamo los hombros para tener más sal en el paladar, porque me gusta. Después hago la plancha por un buen rato y a veces jugamos a saltar las olas cuando vienen altas, o avanzo bien hasta lo hondo si papá se mete al agua. Si papá se mete es mucho mejor porque voy bien hasta lo hondo y el agua me llega al mentón y todo es mucho más interesante. Después cuando salimos hacemos tortitas de arena con mi hermana menor. Buscamos bolsas de nailon y guardamos arena adentro y después amasamos la arena adentro de las bolsas para darle forma de comida o milanesas. Mientras amasamos decimos cosas como *buen día señora, cómo le va, hoy vamos a mostrarle a la teleaudiencia cómo se hacen unas riquísimas milanesas*. Mientras tanto nos sorbemos los mocos que a veces se aflojan porque estuvimos en el agua mucho rato. De noche nos arde la espalda porque estamos muy quemadas. Dormimos juntas mi hermana menor y yo, o a veces los cuatro juntos en un cuarto, o a veces las tres mujeres de un lado y el varón del otro. Depende de la casa y del año y del trabajo y de la sequía. Si puedo elegir me gusta la cama que da hacia fuera, la que quede cerca de una ventana. La casa de mañana tiene dos cuartos para los cuatro, pero uno es minúsculo y ahí mi hermano va a dormir solo. Tengo que convencer a mis dos hermanas que me dejen la cama que yo quiero. No va a ser fácil.

Otra cosa que me gusta es hacer pozos lo más hondo que se pueda y hacer una montaña con la arena que saco del pozo hasta empezar a encontrar arena más mojada, el barro, y entonces voy haciendo en la punta de la montaña una punta de barro que parece chocolate derretido que después se endurece, que es lo contrario a lo que pasa cuando uno está tomando un helado, que siempre se chorrea, no importa si uno tiene o no tiene cuidado. En la playa me gusta también que papá y mamá usen lentes de sol y me gusta el olor a coco del bronceador de mi hermana. Mi hermano se encuentra con nuestro primo y los dos se ponen a hacer alguna cosa, como por ejemplo: nadar, jugar con la tablita de espuma plast, comer refuerzos agachados en cuclillas, jugar a la paleta todo el tiempo. La radio siempre está prendida de tarde. Los grandes se bañan menos que nosotros en el mar. Mamá se baña mojándose en la orilla. Agarra agua con las manos haciendo de cuenco, y después se la echa a la cara y al escote. Me gusta ver cómo hace eso, echarse el agua. Ella no sabe nadar y le asustan las olas, pero entra con papá si él también quiere bañarse. Papá entra acomodándose el short. Tiene piernas lindas y unas pantorillas de curva optimista, y la panza que se le balancea apenas sobre el agua mientras avanza. Después se zambulle. Siempre lo hace de golpe, como si se resbalara hacia adentro, como si alguien le tirara del pie hacia abajo con mucha fuerza. Después salta con un pie y sacude la cabeza y salta con el otro pie y se sacude la cabeza para que no le entre agua en los oídos y parece un perrito estremecido. Salen y se sientan un poco al sol y mamá enseguida se pone el sombrero que tiene una cinta alrededor y es de paja y después se pone cremas porque no le gusta quemarse la cara. Mamá tiene piel muy suave y sin arrugas. La llaman dos por tres cuando hay exhibiciones de cremas para la cara, para que ella haga de modelo de cara. Ella es modelo de cara en exhibiciones de crema para la cara. Se sienta y la gente mira mientras le pone cremas de belleza y después el maquillaje. Después cuando vuelve a casa está toda pintada y tiene el pelo cepillado con ondas y hasta perfume del fijador, que viene en un tubo precioso, un cilindro dorado con una cabellera vista de perfil. Cocina o prepara sus clases con los labios rojos y las pestañas abiertas que le dejan los ojos, que son grises y verdes al mismo tiempo, con mirada de sorprendida. Al rato cuando comemos se le fue todo, pero se sigue sintiendo el perfume.

Ya pasamos por este mismo lugar los otros años, yo me acuerdo. La ruta se ensancha y atrás de los postes hay carteles con avisos y atrás de los carteles están los cerros. Los veo como unas sombras, porque es de noche y están lejos, aunque no parezca tanto. Me doy cuenta del engaño y protesto: *pero no estamos por llegar, recién estamos en los cerros.* Nadie contesta, siguen escuchando la radio. El locutor de la voz grave me da dolor de barriga. Me da miedo cómo habla; habla de arancelarios. Pienso en los arancelarios: una tribu de aborígenes arancelarios baja corriendo por la colina de un cerro parecido a estos de las siluetas en la sombra desde la ruta. Los arancelarios bajan corriendo golpeándose la boca con las manos y gritando como unos feroces. Mi hermano le tira una flecha al jefe de los arancelarios y le da en la frente. Cae con los ojos en blanco. Yo estoy trepada en una rama alta de un árbol en el valle y veo los arancelarios como hormigas que avanzan en multitud. Son hormigas súbitas. No me asusto. Tenso el arco y la flecha se dispara y atraviesa la garganta de una arancelaria horripilante. Es la esposa del jefe. Me vanaglorio. Estamos pudiendo defendernos.

El anillo de coco me molesta. La verdad es que no

sé bien qué quiere decir enigma. Yo digo enigma cuando quiero decir misterio y así uso dos palabras para decir la misma cosa, para variar un poco. Acabo de aprender bien a decir enigma. Antes decía *engima* y me parecía lo más natural del mundo que un enigma fuera un *engima*. De vuelta hablo con voz de sentirme estafada *pero no estamos por llegar*, y cuando voy a decir *recién vamos en los cerros* mamá me mira con cara de disgusto y entonces me callo y me pongo a chupar el anillo. Mi hermana mayor está despierta; le pregunto en voz baja si este año usará bikini o traje de baño. Me dice que bikini. Le pregunto si usará el lila que le regaló nuestra tía para su cumpleaños y me dice que sí. *Te quedaba lindo*, le digo. Le quedaba lindo el bikini. La bombacha puede ser de tanga o puede ser un bombachudo. Creo que mi hermana va a usar el bombachudo, porque no sé si papá y mamá la dejarán que use la bombacha tanga. Yo tengo un traje de baño celeste y verde con unas aletitas en las piernas. No me gusta nada, pero este año no me compré otro traje de baño porque estamos haciendo economía en algunas cosas, y una de ellas es el traje de baño. Con lo que estoy contenta es con las sandalias de plástico, aunque hagan que me transpiren los pies. Ahora voy descalza. Todos vamos descalzos menos papá y mamá. Miro por la ventana, inclinándome sobre mi hermana para ver mejor, y noto que ya no hay más cerros. Ella se da cuenta de que estoy con ganas de mirar, y entonces me dice *si querés te cambio*. Me viene una felicidad y le digo que sí. Entonces paso por encima de ella y me siento del lado de la ventanilla. Ah, qué placer.

Canto mentalmente con los ojos cerrados. No canto con la boca diciendo las palabras *yo canto al señor porque es grande*. Canto con la boca cerrada, sólo pensando, y lo único que hago es *mmmmmmm* haciendo música, una melodía. Es una música que yo ya conozco, de una canción de telenovela que se llama *Ligia Elena*. La letra dice: *me pongo a pintarte y no lo consigo... después de estudiarte lentamente termino... pensando... que faltan... sobre mi paleta... colores bien fuertes que reflejen tu rara... belleza...* Y sigue. Se trata de Ligia Elena que es una muchacha que tiene mucho pelo y todo frizado, como si viviera de trenzas acabadas de soltar. Ella tiene un pretendiente que se llama Jorge Alfredo que es pintor, y es el que le canta la canción esa de me pongo a pintarte. Empiezo a musitar, que es una palabra nueva que recién digo bien, porque antes decía *mustiar*, y de repente me voy de la letra y empiezo a cantar otra cosa que voy inventando a medida que canto. Digo *Rolando se va rodando, rodando Rolando va, Rolando se va rodando por un camino de la ciudad* y después sigo inventando *al otro día su novia, a la casa lo va a buscar, para decirle decirle decirle que ya no lo aguanta más*. Mi madre me interrumpe mi canto mental porque nos dice: *ahora sí estamos por llegar, pero vamos a bajar así papá estira las piernas y comemos una medialuna*.

Abro los ojos y veo que llegamos a una nueva ciudad y ya sé dónde estamos: estamos en el lugar donde siempre pasamos cuando estamos por llegar. Antes de abrir la puerta termino la estrofa de la canción que sigue *Rolando se va llorando, llorando Rolando va, Rolando se va a Pando por un camino de la ciudad*. Cuando me bajo le pregunto a papá dónde está Pando, porque no sé de dónde saqué esa palabra. Me dice que es una ciudad industrial cerca de la capital y me imagino una cantidad de chimeneas, como en Inglaterra. Pobre Oliver Twist y todo el hollín que tuvo que respirar mientras sufría con los bribones y los abusadores. En el bar pedimos medialunas, tres coca colas para compartir y un café para papá. Nos sentamos en una mesa sobre la ventana y comemos y tomamos y nos convidamos los refrescos. Después vamos al baño en turnos. Mamá sale y me dice que mejor agarre servilletas porque ya no hay papel. Agarro un montón de servilletas y entro al baño. Me agacho sobre el wáter pero no me siento para no contagiarme la hepatitis y hago un esfuerzo para que el chorro no se me vaya a torcer; por suerte sale bien orientado y no hago enchastre. Después me lavo las manos con un jabón con forma de huevo que está atornillado a una especie de perchero de jabones. La puerta se abre y entra mi hermana menor. Protesto, *no se entra al baño sin llamar* y ella me dice, con cara de sueño y sacándose los pelos de la cara, que si yo estoy ella puede entrar porque somos hermanas. Me parece que tiene razón, y no digo nada. Me quedo a esperarla y le sostengo las servilletas y después se las doy. Salimos las dos, vamos contentas. Papá ya está parado, nunca quiere quedarse mucho tiempo cuando paramos para una cosa como esta. Todos salimos apurados del bar y cuando entramos al auto vuelvo al medio, porque mi hermana me había hecho un favor, pero todavía no me toca la ventanilla. Cuando me toque ya casi vamos a estar llegando a la casa. Parece que queda a cinco cuadras y media del mar.

Parece que tiene churrasquera y hortensias en la entrada. Me sofoca el olor a encierro y de vuelta pienso en vomitar. Intento olvidarme de la medialuna y entonces me pongo a acordarme de Rolando, el de la canción que inventé. Me acuerdo de Rolando yéndose a Pando y para olvidarme del mareo me esfuerzo en pensar cómo sigue la canción. *En Pando conoce a un cura, quien le dice: ella vendrá.* Me imagino a un cura diciéndole a Rolando *ella vendrá* y me parece que la canción que estoy haciendo es horrible y entonces me acuerdo de que casi me dan ganas de vomitar otra vez. Es raro que me den ganas de vomitar, porque ya vomité hoy temprano y nunca lo hago dos veces en un viaje. Le pido a mi hermana menor que abra un poco la ventanilla.

Todavía sigo en el medio. *Lo bueno dura poco*, pienso. *Lo bueno dura poco,* digo en voz alta, y mamá sonríe. Mi hermana me hace el favor y ahora corre un aire adentro, pero vuelve el silbido. Miro por la ventana inclinada sobre ella. Ahora todo está oscuro. Veo los postes cuando ya los pasamos, porque viajamos rápido y no hay tiempo para verlos con anticipación. Aparece un mojón y el kilómetro es doscientos setenta y cuatro, pero hace como ochocientos que andamos en el auto. Me parece que estamos por llegar. Papá gira por las curvas, y también hace cambio de luces de largas a bajas y de bajas a largas, para no encandilar. En la radio una mujer canta en francés. Mi hermana mayor me dice que me vaya poniendo los zapatos, que falta poco. Le pregunto a mi padre si ya hay yodo en el aire que entra por la ventanilla y me dice que sí. Cuando llegamos al balneario papá siempre nos dice *huelan, huelan el yodo, que hace bien*. Aspiro con fuerza, para que me entre yodo al cuerpo, porque el yodo hace bien y si uno tiene yodo no tiene enfermedades como por ejemplo el bocio, pero huelo de vuelta el olor a encierro de todos nosotros juntos y de nuestros alientos sumados y multiplicados y de los pies y la ropa arrugada y la expectación. También será que quedó un poco de gusto a empanada en el aire.

Me pongo mis sandalias rojas de plástico y le digo a mi hermana menor que ella también tiene que calzarse y ella se calza sus championes celestes. Capaz que en estas vacaciones me hago un novio, pienso. José Enrique que se jorobe por nunca decirme nada. Sólo un día se animó a llamarme aparte y a la salida fui al rincón donde él deja su bicicleta y entonces él me dijo en secreto que él era del mismo partido que mis padres. Yo me acuerdo que lo miré y que ahí también sólo veía los dientes chuecos de él, y pensaba *por qué me gusta justo José Enrique y él me habla de estas cosas y no me dice nada*. Agarró la bicicleta después de hablarme y la alzó con fuerza sobre los hombros para bajar las escaleras y salir de ahí. Yo me senté en un escalón y esperé que saliera mi hermano, para volverme a pie a mi casa, con él y los amigos. Ellos iban adelante y yo unos pasos más atrás, cargando una mochila inmensa llena de cuadernos. Esteban Venturini era el primero en despedirse del resto de los varones (a mí me ignoraba; los ojos resbalaban sobre mi cara y apuntaban siempre a otro lado). Vivía cerca de la escuela. Se iba sin saludar. Tiene el pelo más negro, la cara más blanca y la lengua más roja que vi en mi vida;

se relame demasiado, no puedo comprender por qué hace así. La boca parece un pescado rojo y mojado por la saliva. Yo no le veía tanto la cara, porque él siempre caminaba adelante, con los pantalones que le quedaban cortos. Pero a veces lo veía de costado y le miraba la piel blanca con espanto; qué horrible ser tan blanco como él, pensaba. No quiero un novio así. José Enrique es más castaño, pero no me dice nada y además está lo de los dientes. Yo quiero un novio con rulos y que le encante nadar en el mar y que tenga los labios paspados por el sol. Me gustaría que tuviera hombros huesudos y una clavícula que casi se le transparente como a mí, que casi podría guardar semillas (unas semillas equilibristas) en los huecos que se me extienden a los costados de la tráquea. Que las manos sean grandes y misteriosas. Si sabe tocar la guitarra mucho mejor. Si no le importa que el pullover tenga pelotitas y lo sigue usando aunque esté viejo, mucho pero mucho mejor. Si le pone coderas en los codos mucho, pero mucho, mucho mejor. Si para darme un beso me sostiene la cara en el límite que comparten la mandíbula, la bajadita que se desliza desde el oído, el cuello, qué lindo. Si le gustan los misioneros, los hermanos, la palabra esporádico, las vacas que miran con tristeza, el olor a sándalo, los números perfectos, Colmillo Blanco, la palabra crepúsculo, los montes apalaches, los confines, los bichos de luz, la feijoada, el otoño, el viento del Sur, el arroz con espinaca y huevo frito, los mechones de pelo cobrizo, Tom Sawyer, los árboles caducos, los perros dormidos, las panderetas, yo me caso.

Mi hermano baja el vidrio de su ventanilla y se cuela una ráfaga de aire que chilla y me dan ganas de llorar. Ese chillido es algo verdaderamente triste. Imito el quejido y me pongo a chillar yo también, pero bajito. Mi hermana chica me pregunta por qué hago así y le digo que soy una bruja que anda como un alma en pena buscando a sus hijos hechiceros de la Ensenada del Hastío. Me dice: *ah,* como si le hubiera dicho cualquier cosa común y corriente. Paso por encima de mi hermana, la piso y la molesto con tal de llegar a la ventanilla. Hace cuatro kilómetros que debimos haber cambiado y ya me había olvidado. Ahora todo da lo mismo: la justicia y la injusticia son la misma cosa. Estamos cansados. El yodo se cuela por la rendija abierta. No lo huelo pero sé que está y que nos sana la cara y los pulmones. Mi hermana mayor grita *¡bien!,* y miro pensando que el muerto se estará levantando para saludar a los testigos de su instante de la resurrección. No es el muerto lo que se levanta, sino la fosforescencia de un cartel que anuncia la llegada, adelante, al costado, detrás. Pienso en inclinarme y taparle los ojos a papá con las dos palmas de mis manos. Eso sería ciertamente homicida. Me horrorizo de mis pensamientos. Perdón.

A NOTE ABOUT THE AUTHOR

Inés Bortgaray (1975, Salto, Uruguay) is a writer and screenwriter. She published *Ahora tendré que matarte* (Now I'll Have to Kill You; a Flexes Terpines collection, directed by Mario Levrero), and *Prontos, listos, ya* (*Ready, Set, Go*), translated into Portuguese, edited by Cosac Naify, Brazil. Some of her stories and non-fiction work has appeared in *Bogotá Contada* (Libro al Viento, Colombia); *Pequeñas resistencias 3, una antología del nuevo cuento sudamericano* (Páginas de Espuma); *Número Cero, el perro*, and *Zoetrope: All Story*, among other journals and anthologies. Other stories by Bortagaray have also appeared in projects such as *Suelta, Los Noveles, Nuestra aparente rendición, Palabras errantes: Latin American Literature in Translation, Altaïr*, and *El futuro no es nuestro*.

Bortagaray has worked as a film screenwriter for directors from Uruguay, Argentina, and Brazil. She obtained the Special Jury Prize at the 2016 Sundance Festival for her screenplay of Ana Katz's *Mi amiga del parque* (My Friend from the Park).

AKNOWLEDGEMENTS

Thank you to Ana Patete for translating *Prontos, listos, ya* into English. Thanks also to Laura Cesarco Eglin and everyone at Veliz Books for their dedication and love in the making of this book.

A NOTE ABOUT THE TRANSLATOR

Ana Patete was born and raised in New York City, having moved to Puerto Rico in her adolescence. She attended Brown University, where she received a BA in Hispanic Studies. She has spent time in Argentina and Uruguay, where she unearthed her zeal for literary translation and medialunas.

AKNOWLEDGEMENTS

This translation is dedicated to Veronica.
I could not have translated *Prontos, listos, ya* withoutthe support of some very generous souls. I am forever grateful to Carlos Yushimito, who first introduced me to this novel. A special thanks to Aldo Mazzucchelli, who has been a guiding light and the ultimate liaison since the inception of this translation project. My gratitude to Inés Bortagaray, who was the epitome of grace when it came to letting me sail this narrative to another language. Thank you to Melisa Machado for providing a nurturing home for me in Montevideo while I worked on the translation. Thank you to Ralph Rodríguez for sharing your love for Latino/a and English literature with me and inspiring me to translate in the first place. Special thanks Besenia Rodríguez for your love and light, your support and wit. Many thanks to Stephanie Merrim, my comrade in all things Latin American and existentialist. Thank you Bárbara, Lucía, Carol, Antonia, Nacho, Florencia, Gonzalo. Thank you also to the wonderful folks at Veliz Books, especially Laura Cesarco Eglin and Minerva Laveaga Luna, for working with us every step of the way and for committing this translation to print. Lastly, to my family, especially my siblings, Maria and Ralph: I cannot imagine living this incarnation without you two. This story wouldn't mean as much as it does to me without our kinship.